历代诗词分类鉴赏之四

图文本

田园·山水

性本爱丘山

xingben aiqiushan

周啸天 等 编著

凤凰出版传媒集团 凤凰出版社

图书在版编目(CIP)数据

性本爱丘山:田园·山水/周啸天等编著. —南京:凤凰出版社,2009.9

(历代诗词分类鉴赏)

ISBN 978-7-80729-399-6

Ⅰ.性…　Ⅱ.周…　Ⅲ.古典诗歌—鉴赏—中国

Ⅳ.I207.2

中国版本图书馆 CIP 数据核字(2009)第 158107 号

书　　名　性本爱丘山——田园·山水
编　　著　周啸天等
责任编辑　李相东
美术编辑　姜　嵩
出版发行　凤凰出版传媒集团
凤凰出版社(原江苏古籍出版社)
南京市中央路 165 号　邮编 210009
发行部电话 025—83223462
集团网址　凤凰出版传媒网　http://www.ppm.cn
照　　排　南京紫藤制版印务中心
印　　刷　南京通达彩印有限公司
南京市六合区冶山镇　邮编:211523
开　　本　718×1005 毫米　1/16
印　　张　11.5
字　　数　207 千字
版　　次　2009 年 9 月第 1 版　2009 年 9 月第 1 次印刷
标准书号　ISBN 978-7-80729-399-6
定　　价　22.00 元
(本书凡印装错误可向承印厂调换,电话:025—57572508)

卷首语

田园与山水，不仅供给了人们的衣食之需，从其作为文学题材的那一天开始，也成了人们艺术精神活动的一方家园。仁者乐山，智者乐水——此中有真意，欲辩已忘言。

千百年来，描绘田园山水自然风光的作品，千汇万状，牢笼百态——雄奇、瑰丽、清幽、空灵、真朴、简淡——美感纷呈。荷载着博大深厚的思想意识，超凡脱俗的精神气质，丰富饱满的审美情感，闲逸多姿的人生趣味，以及生动传神的艺术表现。

绿色环境产生绿色的诗，看看杜甫笔下的锦江风光：舍南舍北皆春水，但见群鸥日日来；清江一曲抱村流，长夏江村事事幽；自去自来堂上燕，相亲相近水中鸥……

而今天江岸的巨幅标语是：还两江清水，造一片绿荫。

锦江重温旧梦，不会为时太远吧？本书广告词——增强环保意识，常读山水诗词。

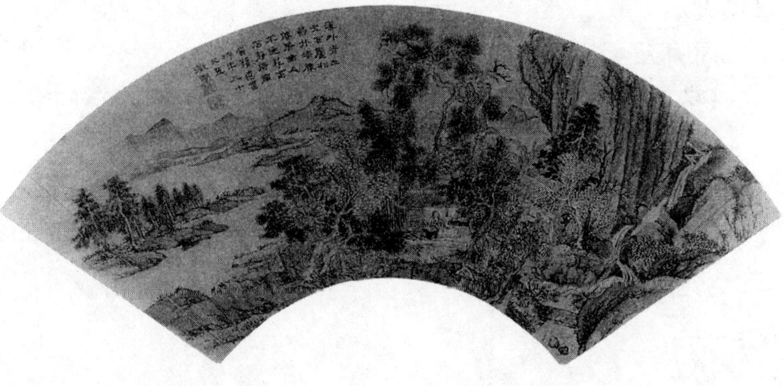

撰稿人：

周啸天　李亮伟

（以下按姓氏笔画排名）

丁　颖　丁稚鸿　王　飞　王　涛　吴闻莺　张应中

李坤栋　陈　坦　罗　玲　易可情　唐　彦　殷志佳

秦岭梅　郭扬波　梅　红　董志刚　管遗瑞　滕伟明

目录

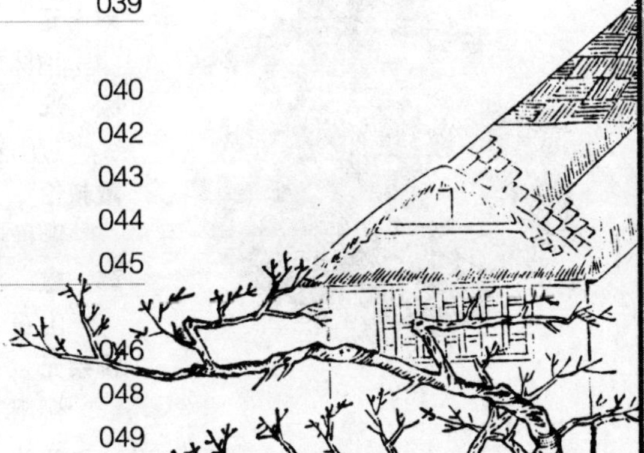

周南·芣苢

◎《诗经》

采采芣(fú)苢(yǐ),薄言采之;采采芣苢,薄言有之。
采采芣苢,薄言掇(duō)之;采采芣苢,薄言捋(luō)之。
采采芣苢,薄言袺(jié)之;采采芣苢,薄言襭(xié)之。

这是周代南方妇女在劳动中即兴所唱的山歌。以"韵分三章,章四句;然每二句只换一字,实六章,章二句也"(姚际恒),在《诗经》中是很独特、很值得注目的一首。

诗中主题句——"采采芣苢"的"采采"二字,郑笺为"非一辞也",孔疏为"见其采者多也",故今流行的《诗经》选本或译本,多释作"采了又采"。这其实是很成问题的。首先,《诗经》的叠字多见于形容词(如"灼灼"、"依依")、名词(如"燕燕")、象声词(如"喈喈"、"喓喓")等,动词复叠,似不二见("采采卷耳"的采采",则与此实属一例)。这是一个疑点。其次,《诗经》中"采采"一词凡四见,即本篇"采采芣苢"、《卷耳》"采采卷耳"、《蒹葭》"蒹葭采采"、《蜉蝣》"采采衣服"。后二例比照同一诗中叠咏对应的诗句"蒹葭苍苍"、"衣裳楚楚",可知"采采"为形容词无疑。则此芣苢、卷耳的"采采"应一例类推,故陈子展译为"形形色色的车前草",而闻一多释为"犹粲粲也",尤为通达,用之四句而皆准。因此,"采采芣苢"是对劳动对象状貌的歌咏,也可以说是触物起情,属于兴象之列。其中饱含着劳动者获取植物的愉快,是素朴而很有感染力的诗句。

妇女采集车前子是一种古老的习俗,系于繁衍种族的观念,因为相传食之能受胎生子,且可治难产。诗序解题说"和平则妇人乐有子矣",韩诗及汉以来论诗者亦皆缘芣苢宜子立说,是不错的。因此当芣苢粲粲结子之时,妇女们结伴而出,竞相采撷,其情绪是相当兴奋,而场面尤其热烈的。闻一多通过想象描述了这样

《诗经》,我国最早的诗歌总集,本称《诗》,汉时独尊儒术,始称《诗经》。共收西周初年至春秋中叶的民歌和朝庙乐章歌辞305篇,另有笙诗6篇有目无诗。全书按音乐分风、雅、颂三类(一说分风、小雅、大雅、颂四体)。汉代传《诗》者有齐、鲁、韩、毛四家,今传《诗经》为《毛诗》。

一幅动人的情景:“揣摩那是一个夏天,芣苢都结子了,满山谷是采芣苢的妇女,满山谷响着歌声。这边人群中有一个新嫁的少妇,正捻着那希望的玑珠出神,羞涩忽然潮上她的靥,辅一个巧笑,急忙地把它揣在怀里了,然后她的手只是机械似的替她往怀里装,她的喉咙只随着大家的歌声啭着歌声——一片不知名的欣慰,没遮拦的狂欢。不过,那边山坳里,你瞧,还有一个伛偻的背影。她许是一个中年的硗确的女性。她在寻求一粒真实的新生的种子,一个祯祥,她在给她的命运寻求救星,因为她急于要取得母亲的资格以稳固她的妻的地位。”这段由诗还原生活的描画,对于读者真切地体味这歌谣字面下深藏的意蕴,是大有帮助的。

鲁迅曾幽默地论及诗歌起源于劳动道:“我们的祖先的原始人,原是连话也不会说的,为了共同劳作,必需发表意见,才渐渐的练出复杂的声音来,假如那时大家抬木头,都觉得吃力了,却想不到发表,其中有一个叫道“杭育杭育”,那么,这就是创作;大家也要佩服,应用的,这就等于出版;倘若用什么记号留存下来,这就是文学。”《芣苢》一诗比“杭育杭育派”自然是高明多了——它虽然是两句成一节拍,不断反复,但毕竟有形象的描绘与动词的屡换。然而在情不自禁

地通过反复的有节奏的歌声，去协调那反复的有节奏的动作，去摹仿自身与自然的关系这一点上，它和“杭育杭育派”还是一脉相通的。

“口唱山歌手不闲”。在《芣苢》中，劳动者灵巧的手的动作，也就成了即兴歌唱取材的对象。诗“实六章，章二句”，每章变换的就在一个动词，一共变换了六个字：采、有、掇、捋、袺、襭。这六字可以细分为三组，采、有（有即采得），是对采集最一般性的描述，虽然概括，还不具体；掇、捋，是对手的动作的具体描写。或一颗一颗地拾，或一把一把地抹，写来很真切很生动，是没有劳动经验者难以捕到的动作；袺、襭，这两个“衣”部的字，是对用裙襟盛取芣苢的动作的具体描写，或是手提衣襟而往里揣，或是掖起衣襟来兜着。从采写到盛，暗合劳动实际操作程序，它取自生活，是不必用意而自工的神来之笔。由此我们又发觉，这首口头创作的歌在笔录为诗时分为三章，也是深具匠心的。

“采采芣苢”描绘了景物，六个动词则表现了劳动的情态，虽然简到不能再简，但诗还是速写似的展现了一幅动人的劳动画面。“读者试平心静气，涵咏此诗，恍听田家妇女，三三五五，于平原绣野、风和日丽中群歌互答，余音袅袅，若远若近，忽断忽续，不知其情之何以移而神之何以旷”（方玉润《诗经原始》）。可见此诗虽然语言不多，但有点睛之妙，“自鸣天籁，一片好音”，故能启发读者展开生动的联想。当然，这些三五成群、愉快劳作的妇女，不是一般的“拾菜讴歌”，而是怀着强烈的母性的渴望，功利的目的，她们摘着芣苢，唱着《芣苢》，心里荡漾着虔诚与激情，默默地祈祷着神灵的赐福。较之后世跪倒在“送子娘娘”香火前的妇女，同样抱着无限希望，却有着不可比拟的奔放愉悦之感。

这样产生于自然与生命的乐章，具有不可仿效的魅力。袁枚《随园诗话》云：“三百篇如‘采采芣苢，薄言采之’之类，均非后人所当效法。……章艧斋戏仿云‘点点蜡烛，薄言点之；剪剪蜡烛，薄言剪之’，闻者绝倒。”东施效颦，适增其丑，此之谓也。

全诗语译如下：

粲粲结子那个车前子，采呀采那个采不停。采呀采那个车前子，取呀取那个取不赢。

粲粲结子那个车前子，拾呀拾那个拾不停。采呀采那个车前子，捋呀捋那个捋不赢。

粲粲结子那个车前子，揣呀揣那个揣不停。采呀采那个车前子，兜呀兜那个兜不赢。

小雅·无羊

◎《诗经》

谁谓尔无羊？三百维群。谁谓尔无牛？九十其犉(rún)。尔羊来思，其角濈濈。尔牛来思，其耳湿湿。

或降于阿，或饮于池，或寝或讹。尔牧来思，何蓑何笠，或负其糇(hóu)。三十维物，尔牲则具。

尔牧来思，以薪以蒸，以雌以雄。尔羊来思，矜矜兢兢，不骞不崩。麾之以肱(gōng)，毕来既升。

牧人乃梦，众维鱼矣，旐(zhào)维旟(yú)矣。大人占之：众维鱼矣，实维丰年；旐维旟矣，室家溱溱。

这是《诗经》中描写畜牧活动的两首诗之一。

首章写牛羊的蕃盛。以“谁谓尔无羊”、“谁谓尔无牛”连发两问开篇，排比其句，是相对于昔日的无羊、无牛而言，方玉润谓“是前此凋耗，今始蕃育口气”(《诗经原始》)，极是。“三百维群”，而何止一群；“九十其犉(七尺大牛)”，而不足七尺者尚多。句下饱含对牧业生产发展的自豪。以下四句又是一组排比，描写赶着牛羊到牧地的情态。羊牛成群上路，所以远远看去牛羊角挨角，边走边在摇耳朵，犹如远看人群只见人头攒动一般，煞是生动。

二、三章写放牧活动，方玉润说：“以下人、物杂写，或牛羊并题，或牛羊浑言，或单咏羊不咏牛，而牛隐寓言外。总以牧人经纬其间，以见人、物并处，两相习，自不觉其两相忘耳。其体物入微处，有画手所不能到。”(《诗经原始》)两章亦略有区别，盖二章从牲畜说到牧人。先写到了牧地，牛羊相对散开，以四个“或”字，着眼于牲口个体的活动，有的下坡吃草、有的就湖饮水、有的卧下歇息、有的在草地撒欢。接着出现牧人形象，着重表现其餐风宿露的辛劳——荷蓑戴笠、背负干粮。末二句说牛羊品种很多，祭品不用犯愁。因为当时宰杀牲口，主要用途之一就是祝福献祭，兼饱口福。

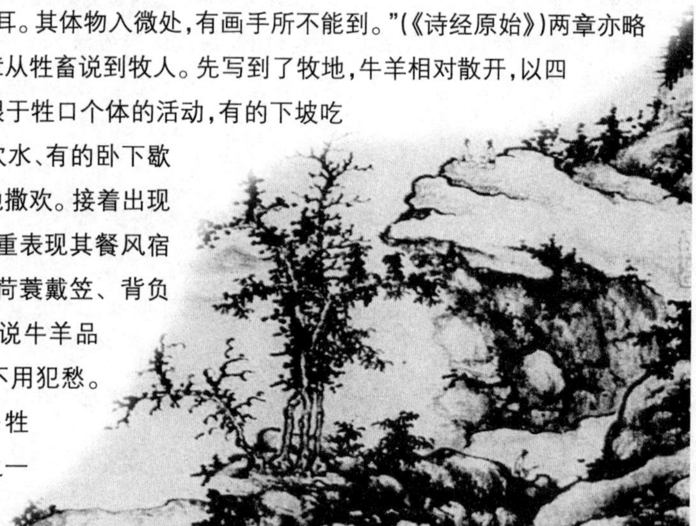

三章从牧人说到牲口。先说牧人除了放牧，还兼樵薪拾柴，同时留意选种交配（或释“以雌以雄”为猎鸟，似无关乎雌雄）。再写转移牧地，羊群（兼关牛群）又开始走动，争先恐后地紧跟在头羊的后边，生怕掉队挨鞭子，或落入豺狼之口，所以矜矜兢兢，不少一个。牧人挥动胳臂，吹响口哨，头羊上坡，羊群也跟着转向。写其指挥如意，是诗人妙于观察的得意之笔。

四章写牧人之梦，是一奇笔。关于梦的内容，因为年代久远，当时民俗不得其详，故难求甚解，所以众说纷纭。或解“众”为本字，“旐”为借字，则牧人梦见的是很多的鱼、很多的鸟旗。或解“众”为借字，“旐”为本字，则牧人梦见的是蝗变成鱼，龟旗变成鸟旗。都是改字训释，难定于一。然后是梦的解析，根据梦中之鱼，解析者说是丰年之兆，犹如后人所谓“连年有余”。根据梦中鸟旗，解析者说是添丁进口之兆，这一点跟弗洛依德的理论有点靠谱。

这首诗给人留下最生动的印象，是其间描绘的放牧图景，以及牧人做的美梦——前者体物入微，而后者非夷所思。反映了古人对和平的赞美，对幸福的向往。

全诗语译如下：

谁说你家羊儿少，一群就是三百条。谁说你家没有牛，大牛就有九十头。你家羊群走过来，熙熙攘攘角挨角。你家牛群走过来，密密麻麻摇耳朵。

有的牛羊正下坡，有的湖边来饮水，有的撒欢有的睡。你的牧人都来了，蓑衣斗笠随身带，干粮袋子随身背。牛羊毛色三十种，各色祭牲都齐备。

你的牧人都来了，打得草料到时喂，选好良种按时交。你的羊儿走过来，谨慎争先相依靠，不逃不散不短少。挥动鞭儿甩胳膊，一齐乖乖上山腰。

牧人做梦真奇妙，梦里见到许多鱼，还有蛇旗和鸟旗。占梦先生来解析：梦见鱼儿数不清，来年丰收定有余；梦见旗子数不清，添丁进口好欢喜。

招隐士

（汉）◎ 淮南小山

淮南小山（？—？），西汉淮南王刘安门客，其余不详。

桂树丛生兮山之幽，偃蹇连蜷兮枝相缭。山气巃嵸（lóng zōng）兮石嵯峨，溪谷崭岩兮水增波。猿狖群啸兮虎豹嗥，攀援桂枝兮聊淹留。王孙游兮不归，春草生兮萋萋。

岁暮兮不自聊，蟪蛄鸣兮啾啾。坱兮轧，山曲岪，心淹留兮恫荒忽。罔兮沕（mì），憭兮栗，虎豹穴，丛薄深林兮人上栗。嵚崟（qīn yín）碕礒（qǐ yǐ）兮碅磳（jūn zēng）磈硊（kuǐ wěi），树轮相纠兮林木茷骫（bó wěi）。青莎杂树兮薠（fán）草靃（suǐ）靡，白鹿麏麚（jūn jiā）兮或腾或倚。状貌崟崟兮峨峨，凄凄兮漇（xǐ）漇。猕猴兮熊罴，慕类兮以悲。攀援桂枝兮聊淹留，虎豹斗兮熊罴咆，禽兽骇兮亡其曹。王孙兮归来，山中兮不可久留。

清人刘熙载论辞赋，谓“屈子以后之作，志之清峻，莫如贾生《惜誓》；情之绵邈，莫如宋玉‘悲秋’（指《九辩》）；骨之奇劲，莫如淮南《招隐士》”（《艺概·赋概》）。

此赋创作意图，题目明标“招隐士”，而汉人王逸谓是“闵伤屈子”（《楚辞章句》）。逐臣与隐士，本不得混为一谈。不过，既然“山中不可久留”，何以“王孙游兮不归”？看来不会仅是因了泉石膏肓、烟霞痼癖的缘故，或许也有不合流俗、招致迫害的原因。

不过赋中对此并无详细交待，亦不必深求。作者着意只在刻画隐士所处的周边环境，山林中的幽深境界。刘熙载说：“宋玉《招魂》，在楚辞为尤多异采。约之只两境：一可喜，一可怖而已。”（同前）移作此赋的评语，也很恰当。

此赋奇短，但叠用奇字，故并不好读。明人胡应麟说："屈宋诸篇，虽遒深闳肆，然语皆平典。至淮南《招隐》，叠用奇字，气象雄奥，风骨棱嶒。拟骚之作，古今莫殆。"(《诗薮·内编一》)不过这些奇字，大多用于对自然环境的形容。而赋中的主题句"王孙游兮不归，春草生兮萋萋"、"王孙兮归来，山中兮不可久留"，却相当平易近人。

而"王孙游兮不归，春草生兮萋萋"，大概是历代诗人词客化用率最高的古代名句之一，乃至成为表达相思怀远之情的特殊诗词话语。以唐诗为例，用得较为明显的，如白居易《赋得古原草送别》"又送王孙去，萋萋满别情"；用得较为含蓄的，如崔颢《黄鹤楼》"晴川历历汉阳树，芳草萋萋鹦鹉洲"。无论隐显，只要化用了其字面，多少都包含了离别怀思的情绪。

归田赋

（东汉）◎ 张　衡

游都邑以永久，无明略以佐时。徒临川以羡鱼，俟河清乎未期。感蔡子之慷慨，从唐生以决疑。谅天道之微昧，追渔父以同嬉。超埃尘以遐逝，与世事乎长辞。

于是仲春令月，时和气清，原隰郁茂，百草滋荣。王雎鼓翼，仓庚哀鸣，交颈颉颃，关关嘤嘤。于焉逍遥，聊以娱情。

尔乃龙吟方泽，虎啸山丘。仰飞纤缴，俯钓长流。触矢而毙，贪饵吞钩。落云间之逸禽，悬渊沉之魦鰡。

于时耀灵俄景，继以望舒。极般游之至乐，虽日夕而忘劬。感老氏之遗戒，将回驾乎蓬庐。弹五弦之妙指，咏周孔之图书。挥翰墨以奋藻，陈三皇之轨模。苟纵心于物外，安知荣辱之所如！

张衡(78—139)，字平子，河南南阳人。曾在京师洛阳就读太学，后两度任掌管天文的太史令。精通天文历算，创制浑天仪及地动仪，并解释月食成因。著有天文学著作《灵宪》，并善诗赋。有明辑本《张河间集》。

张衡晚年对宦官专权、朝政腐败的现实深为不满，有感于世路艰难，欲自外荣辱，隐居著书。

开篇直抒胸臆，用“河清未期”、“天道微昧”等语表露对混乱时世和黑暗朝政的不满，用“感蔡子”（按战国时燕国辩士蔡泽曾周游列国，长期不见任用，遂请魏国相士唐举为他看相，预测将来的命运）、“追渔父”等语表露自己不得志的苦闷和不愿同流合污的精神。

作者一生虽未能真正归隐，然而通过想象，用清新质朴的语言，将归田的种种乐趣描写得十分闲适动人，虽然还不能像陶渊明诗赋那样饱含真实的田园生活体验，却也表现了作者向往自然和自由的高洁志趣。

此赋有三点值得注意：就内容而言，它上承淮南小山《招隐士》，下启陶渊明《归去来兮辞》，是文学史上最早的以田园隐居生活为主题的作品；就形式而言，它是现存的第一篇比较成熟的骈赋；从文学史上看，它是现存东汉第一篇完整的抒情小赋。

观沧海

（三国）◎曹　操

东临碣石，以观沧海。水何澹澹，山岛竦峙。树木丛生，百草丰茂。秋风萧瑟，洪波涌起。日月之行，若出其中，星汉粲烂，若出其里。幸甚至哉，歌以咏志。

此诗录自《步出夏门行》。《步出夏门行》又名《陇西行》，乐府古题，属《相和歌·瑟调曲》。“夏门”原是洛阳北面的城门。曹公借古题以抒今情，诗作于建安十二年（207）北征乌桓得胜回师的途中。共四章，前有“艳”（序曲）。

汉末群雄并起逐鹿中原，居住在辽西一带的乌桓强盛起来，成为河北一带的严重边患。建安十年，袁绍死，其子谭、尚逃到乌桓，勾结乌桓统治者多次入塞为患，使曹操处于南北夹逼的不利境地（南为割据荆襄的刘表、孙权）。为了摆脱被动局面，曹操采用谋士郭嘉的意见，于建安十二年夏率师北征，九月胜利回师，途经碣石等地。曹公御军三十余年，手不释书，登高必赋，于此踌躇满志之际，写下了这组乐府诗。《观沧海》是《步出夏门行》的第一章。

初次见到大海的人，谁能不有一番激动？海太大，大得叫人无从下笔。冰心《往事》写道：“每次拿起笔来，头一件事忆起的就是海。我嫌太单调了，常常因此搁笔。”“每次和朋友谈话，谈到风景，海波又侵进谈话的岸线里，我嫌太单调了，常常因此沉默，终于无言。”又借弟弟的口说：“海太大，我太小。”“也许是我看的书太少了，中国的诗里咏

曹操（155—220），字孟德，小字阿瞒，东汉沛国谯县（今安徽亳县）人。汉末举孝廉。初平元年（190）参与讨伐董卓之战，实力得以扩充。建安元年（196）奉迎汉献帝定都许昌，拜司空，封武平侯，次第击败袁绍等割据势力，统一北中国。失利于赤壁之战。三国鼎立时，进封魏王。后其子曹丕代汉称帝，追尊之为魏武帝。其诗慷慨悲凉，全用乐府诗体，对后世影响深远。有明辑本《魏武帝集》。

海的真是不多。可惜这么一个古国，上下数千年，竟没有一个海化的诗人。”说“中国的诗里咏海的真是不多”，是不错的，但说“上下数千年竟没有一个海化的诗人”，就很难令人同意了，至少曹操就是一个。

这首诗的写法概括而言，便是平直叙起，渐入佳境，大笔涂抹，以气象取胜。诗从眼前写起，就像一个速写画家，随笔涂抹着，几乎不费吹灰之力：几根线条先写一片汪洋，再点出中间的几个岛屿，再就是岛上的草树，再就是一片空白——什么也没有，而水在画处，亦在无画处。至“秋风萧瑟，洪波涌起”之句，才逐渐加入观海人心中的激情，写出自然与心灵的感应，参会苏词“乱石穿空，惊涛拍岸，卷起千堆雪”及毛泽东“心潮逐浪高”之句，方能领悟其神韵。正因为这种感应，才引起诗人逸想遄飞，脱离写实，而进入宏丽的想象境界。日、月、星汉（银河）皆出于大海，是古人的浪漫想象，站在海边的人，却忽然想起古已有之的说法，而产生十分新异的感觉，发现未曾发现的意味。

“日月之行，若出其中。星汉灿烂，若出其里”——这是对大海的礼赞——海是这样宇宙般地包容一切呀！站在大海边上，什么虚骄，什么烦恼，什么浮躁，统统化为乌有了。郭沫若咏桂林芦笛岩说：“请看无山不有洞，可知山水贵虚心。”说山水能教人虚心，不为无见。但从溶洞想起，所见者小。有什么比大海更能教人虚心的呢？难怪作为胜利者的曹公，口气是这般平和。拙劣的诗人可能会联系一下现实，歌咏战争的胜利，以提高思想意义。而曹公不尔，在大海面前，人的战伐功业，实在不值一提。这才是大手笔。诗结尾的“幸甚至哉，歌以咏志”虽是乐府套语，但用在这里，其潜台词含有为凯旋而感谢上苍赐福之意，是一种知足的口吻。删去这两句，反会觉得少了点什么。

这首诗从眼前景物——海水、山岛、草木、秋风，写到想象中的日、月、星辰，都是自然的意象，这样纯粹写景的诗，在我国文学史上是一个创举，是第一首完整的山水诗。第一首就写海，而且由雄才大略的曹操来写，起点甚高。此诗写在秋天，却写得沉雄健爽，气象壮阔。这与诗人的积极用世的人生观，非凡的气度品格，解除边患后踌躇满志、自信乐观的心情，乃至美学情趣都是紧密相关的。从这个角度说，它又是一首不折不扣的抒情诗。毛泽东《浪淘沙·北戴河》是写海的词，过片云：“往事越千年，魏武挥鞭，东临碣石有遗篇。萧瑟秋风今又是，换了人间。”表现了对曹诗的熟悉和高度评价。

桃花源诗并记

（东晋）◎ 陶渊明

陶渊明（365—427），一名潜，字元亮，晋宋间浔阳柴桑（今江西九江西南）人。东晋名臣陶侃曾孙，一生三仕三隐，于彭泽令任内弃官归里，隐居田园，遂不复仕。于宋文帝时卒，友人私谥曰靖节先生。有《陶渊明集》。

晋太元中，武陵人捕鱼为业，缘溪行，忘路之远近。忽逢桃花林，夹岸数百步，中无杂草，芳草鲜美，落英缤纷。渔人甚异之。复前行，欲穷其林。林尽水源，便得一山。山有小口，仿佛若有光。便舍船，从口入。初极狭，才通人；复行数十步，豁然开朗。土地平旷，屋舍俨然，有良田美池桑竹之属，阡陌交通，鸡犬相闻。其中往来种作，男女衣着，悉如外人，黄发垂髫，并怡然自乐。见渔人，乃大惊；问所从来，具答之。便要还家，设酒杀鸡作食。村中闻有此人，咸来问讯。自云先世避秦时乱，率妻子邑人来此绝境，不复出焉，遂与外人间隔。问今是何世，乃不知有汉，无论魏晋。此人一一为具言所闻，皆叹惋。余人各复延至其家，皆出酒食。停数日，辞去。此中人语云："不足为外人道也。"既出，得其船，便扶向路，处处志之。及郡下，诣太守说如此。太守即遣人随其往，寻向所志，遂迷不复得路。南阳刘子骥，高尚士也，闻之，欣然规往。未果，寻病终。后遂无问津者。

嬴氏乱天纪，贤者避其世。黄绮之商山，伊人亦云逝。往迹浸复湮，来径遂芜废。相命肆农耕，日入从所憩。桑竹垂余荫，菽稷随时艺。春蚕收长丝，秋熟靡王税。荒路暧交通，鸡犬互鸣吠。俎豆犹古法，衣裳无新制。童孺纵行歌，斑白欢游诣。草荣识节和，木衰知风厉。虽无纪历志，四时自成岁。怡然有余乐，于何劳智慧。奇踪隐五百，一朝敞神界。淳薄既异源，旋复还幽蔽。借问游方士，焉测尘嚣外。愿言蹑清风，高举寻吾契。

这是陶渊明晚年的代表作，亦是流传千古之作。桃花源的故事有它历史的现实背景，也有文化传统的背景。盖自汉末以来，国内屡经战乱，人们往往自动起来归附于某一有威望的大姓，筑坞壁以自保，此即所谓坞堡。晋宋时代的江南也有类似事件发生，《宋书·夷蛮传》谓刘宋时民有逃入夷蛮以避征徭的事。桃花源可能就是这种现实加以理想化构想而成的。而传统儒家经典《礼记·礼运》关于大同

世界的描绘，道家经典《老子》中小国寡民的思想，以及由此发展而成的魏晋时嵇康、阮籍、鲍敬言等人的无君论，则给这一构想提供了理论依据。然而，本篇中具有浓厚生活气氛的农村情景及桃源中人纯朴的精神世界，则是源于陶渊明本人田园生活的真实体验。

本篇由记与诗两部分组成，记写关于桃花源的发现和迷失的传奇故事，诗则发为吟咏。

记分三段，从“晋太元中”到“豁然开朗”为引子，叙述桃花源的发现。作者将故事发生的时间假定在东晋孝武帝太元中，发现桃源的则是一个捕鱼为业的武陵人，便使之带有传说色彩。“忘路之远近”、“忽逢桃花林”、“仿佛若有光”、“豁然开朗”等语所用副词，尤能状出奇异之感；写桃花林“夹岸数百步，中无杂树，芳草鲜美，落英缤纷”，景物之美引人入胜。从“土地平旷”到“不足为外人道也”是中心段落，写渔人在桃源的所见所闻。“土地平旷，屋舍俨然，有良田美池桑竹之属，阡陌交通，鸡犬相闻”，显示着桃源世界的人间性，即不同于传说中不食人间烟火的仙境，另一方面，联系后文“其中往来种作，男女衣着，悉如外人，黄发垂髫，并怡然自乐”，又显示着桃源的世外性，即不同于世间满目疮痍的民生凋弊的景象。“便要还家，设酒杀鸡作食”，“余人各复延至其家，皆出酒食”，则意味着桃源中人之富于人情味。“自云先世避秦时乱，率妻子邑人来此绝境，不复出焉，遂与外人间隔”及“此中人语云，不足为外人道也”，更表现了桃源中人对自由的热爱，对传统的忠诚。“问今是何世，乃不知有汉，

无论魏晋”最为妙语，暗示了桃源与世间在文化上的隔膜。从“既出”到“后遂无问津者”是尾声，桃源的不可再寻，愈增记文扑朔迷离的传奇色彩，也暗示了桃源是一个憧憬。总之，这篇记文具有丰富的诗意和想象力，它既有传奇的色彩和魅力，又具有浓郁的农村生活实感，叙述语言极其准确洗炼，达到了思想性与艺术性的统一。

诗亦分三段，从“嬴氏乱天纪”到“来径遂芜废”六句，追溯桃源来历。所谓“天纪”，就是人道，这是先秦儒道两家共同的思想；“贤者避世”是孔子的话(《论语·宪问》)，也是儒道相通的思想。“黄绮”指夏黄公、绮里季等四皓，是避秦时乱的代表性人物，而桃源先民与他们就是同时代人了。记文是从空间(溪行穷源)引入桃源，诗则从历史引入，但都表明桃源世界的人间性。从“相命肆农耕”到“于何劳智慧”十八句，展示桃源世界及其文化特质。“相命”二句暗用《击壤歌》“日出而作，日入而息，凿井而饮，耕田而食，帝力于我何有哉”之意。“桑竹”四句，写农桑而着重在“靡王税”三字，揭示了桃源社会政治经济的特质，耕者有其田，而没有不劳而获的剥削压迫现象(王安石《桃源行》“虽有父子无君臣”一言道破这个社会的特点)，古人“五亩之宅，树之以桑，五十者可以衣帛矣”，“不违农时，谷不可胜食也”(《孟子》)的理想，在这里得到了实现。“荒路”二句，说明桃源虽对外关闭，但内部则彼此往来和睦相处。“俎豆犹古法，衣裳无新制(上下装样式保持老式)”二句揭示了桃源民俗文化的特质，意味着古老美德的保持。“童孺纵行歌，斑白欢游诣”，这就不止是“斑白者不负载于道路矣”，敬老爱幼的理想，在这里得到了全部的落实，最能表现桃源道德文化的特质。“草荣”以下六句，表明桃源人崇尚自然古朴，对科学技术物质文明不感兴趣（对历史知识则当别论），甚至连一本反映自然季节变化的历书也没有，但他们并不因此感到不便。从“奇踪隐五百（载）”以下，概言桃源消息披露之始末，及作者对桃源的向往。这里点明桃源再度迷失的原因，盖在它与世间文化上“淳薄异源”，道不同不相为谋，“薄”（即浇薄）字是对现实社会的根本批判。

要之，《桃花源诗并记》展示的桃源社会，其主要特点在于人人劳动、自食其力，没有剥削，没有压迫，自由和平（只差进步，几乎就是一个完美的理想社会）。这是对充满动乱、篡夺、杀戮，民不聊生的现实社会的根本否定。这个理想社会的人间性，则是对当时盛行的佛教思想的根本否定。当时庐山是佛教一大中心，安帝元兴元年（402）名士刘遗民等百余人与庐山僧人慧远在佛像前建斋立誓，共期西方，影响极大（见《高僧传·慧远传》）。作为一种文化理想，桃源模式对传统文化思想有所继承，也有所扬弃，它吸取了《礼记·礼运》大同社会“天下为公”、“人不独亲其亲，不独子其子，使老有所终，壮有所用，幼有所长”等思想，而扬弃了其“选贤举能”的成分；吸取了《老子》“小国寡民，虽有什伯之器而不用”，“甘其食，美其服，安其居，乐其俗”等思想，而扬弃了其“民至老死不相往来”及“绝仁弃义（指古礼）”的成分，因而在思想上是推陈出新的。本篇由记与诗组成，它们在同一个题目下自成起讫，读起来毫无重复感。记是散文，以渔人经历为线索，有曲折新奇的故事情节，有人物，有对话，也可以归属于短篇小说；诗则用概括性的叙述，由诗人撮述桃源社会梗概，着重在制度的交待，从而赞美之。故两者珠联璧合，相互补充，为一整体。后来唐代举子投卷及元白叙事诗，文备众体，既见诗笔、议论，又见史才，其体制亦可能肇源于此。

归去来兮辞并序

（东晋）◎ 陶渊明

余家贫，耕植不足以自给。幼稚盈室，瓶无储粟，生生所资，未见其术。亲故多劝余为长吏，脱然有怀，求之靡途。会有四方之事，诸侯以惠爱为德，家叔以余贫苦，遂见用于小邑。于时风波未静，心惮远役。彭泽去家百里，公田之利，足以为酒，故便求之。及少日，眷然有归欤之情。何则？质性自然，非矫厉所得。饥冻虽切，违己交病。尝从人事，皆口腹自役；于是怅然慷慨，深愧平生之志。犹望一稔，当敛裳宵逝。寻程氏妹丧于武昌，情在骏奔，自免去职。仲秋至冬，在官八十余日。因事顺心，命篇曰《归去来兮》。乙巳岁十一月也。

归去来兮，田园将芜胡不归！既自以心为形役，奚惆怅而独悲？悟已往之不谏，知来者之可追。实迷途其未远，觉今是而昨非。舟摇摇以轻扬，风飘飘而吹衣。问征夫以前路，恨晨光之熹微。

乃瞻衡宇，载欣载奔。僮仆欢迎，稚子候门。三径就荒，松菊犹存。携幼入室，有酒盈樽。引壶觞以自酌，眄庭柯以怡颜。倚南窗以寄傲，审容膝之易安。园日涉以成趣，门虽设而常关。策扶老以流憩，时矫首而遐观。云无心以出岫，鸟倦飞而知还。景翳翳以将入，抚孤松而盘桓。

归去来兮，请息交以绝游。世与我而相违，复驾言兮焉

求！悦亲戚之情话，乐琴书以消忧。农人告余以春及，将有事于西畴。或命巾车，或棹孤舟。既窈窕以寻壑，亦崎岖而经丘。木欣欣以向荣，泉涓涓而始流。善万物之得时，感吾生之行休。

已矣乎，寓形宇内复几时！何不委心任去留，胡为乎遑遑欲何之？富贵非吾愿，帝乡不可期。怀良辰以孤往，或植杖而耘耔。登东皋以舒啸，临清流而赋诗。聊乘化以归尽，乐乎天命复奚疑！

本篇是作者与官场和旧我诀别的宣言书，也是陶渊明人生境界的写照，作于义熙元年(405)。

辞前有序，是一篇优美的小品文。大致分为四层，从“余家贫”到“求之靡途”，叙家贫思仕，然求官无门。从“会有四方之事”(或谓指刘裕讨伐桓玄的战争，或谓指义熙元年为刘敬宣参军时奉命出使京都建康之事)到“故便求之”，叙家叔陶夔代为谋求到彭泽令的职务。从“及少日”到“敛裳宵逝”，写到官不久即有怀归之情，而准备忍耐到年底。从“寻程氏妹丧于武昌”以下，叙提前弃官的经过。“乙巳岁十一月”即东晋安帝义熙元年旧历十一月。

辞分四段。从开篇到“恨晨光之熹微”写启程归庄及一路心情。前八句写对以往的反思。“归去来兮”二句以呼告起，表现了对人生的彻悟。在作者的潜意识中，田园与自然具有同一性，“质性自然”与耽爱田园也是互为表里的，“田园将芜”就意味着本性的失落、自由的丧失，除了怪自己，又怪谁呢？“悟已往之不谏”二句骈偶，一笔挽上，一笔起下。“知来者之可追”——与其沉湎于悔恨，不如告别过去，一切重新开始。两句偏重否定过去，为了表达对新生活的信心，进而对今日采取的行动作出明确的肯定：“实迷途其未远，觉今是而昨非。”以“今是”对“昨非”，实际上也是悟往知来的反复。以上八句先作棒喝，再作沉痛反思，继而否定已往作决绝语，最后肯定今是以断案，极有思致有韵味。这里的一悟、一知、一觉，表明弃官归隐绝非一时感情冲动，而是经过认真反思之后对生活道路的理性抉择。写归途情事仅四句：一路先登水程，再走陆路，舟之轻扬，风之吹衣，表现出弃官如释重负；向征夫问路，恨天亮得太迟，则流露出归心似箭的迫切心情。本段描写详于心理而略于情事，着墨不多，已见满心欢喜。

从“乃瞻衡宇”到“抚孤松而盘桓”写归庄之喜及家居生活的愉悦。前八句，写到家的场面。一见家门，兴奋得奔跑起来，仿佛找回了失去的天真，接着又写家人尤其是孩子们的快乐，着墨不多，但极富生活气息。“三径就荒”可慨田园将芜，

"松菊犹存"可喜迷途未远，是写景，也是关合前文。后十二句，写闲适的乐趣。人不过七尺躯，一张嘴，"偃鼠饮河，不过满腹；鹪鹩栖树，不过一枝"，"千年田换八百主，一人口插几张匙"（辛弃疾），不必食禄千钟，也不必阅尽人间春色，只要壶中长满（"有酒盈樽"、"引壶觞以自酌"），只要有一个生存空间（"审容膝之易安"），只要一个好的环境（"眄庭柯以怡颜"），只要不面对上司，还我做人的尊严（"倚南窗以寄傲"）。作者的心灵与生活，已对世俗关闭，而向着自然开放——"园日涉以成趣，门虽设而常关。策扶老以流憩，时矫首而遐观"，实在是太好了。说到观景，作者描绘了夕阳西下、白云出山、宿鸟归飞的景色，一个有意味的景色，两个优美的骈句！在这"景翳翳而将入"的时刻，手抚孤松，心里充满感喟，诗人面对晚霞与归鸟，既有得其所哉的愉悦，又有时序流逝的感喟。

从"归去来兮"到"感吾生之行休"，着重写徜徉于田园山水，回归自然的乐趣。在读者感到美不胜收，而作者意犹未尽的当儿，重复一下开篇的呼告，换一换气，稍事休息，以迎接新的印象，很有必要。"请息交以绝游"重复了"门虽设而常关"，无意中流露出弃官归田的另一潜在原因，那就是"世与我而相违"。陶渊明也曾有过兼济之志，可惜生不逢辰，"归去来"是件没商量的事儿。"悦亲戚之情话，乐琴书以消忧"是又一组优美的骈句，这一悦一乐，在天伦、在人文，在自然外，又在自然内。"农人告余以春及"八句点出农事，写田园风光之美，这里有对自然本身的赞美，有对开发自然的农业劳动的赞美，有对滋生万物的春天的赞美。"农人告余以春及，将有事于西畴"，表明作者与农人的声息相通，下段中"怀良辰以孤往，或植杖而耘耔"二句，更直接写下地劳动，乃是渊明归耕生活相当值得重视的一个内容。此外，还有探幽访胜之喜，看他穿行于崎岖、窈窕的丘壑中，心中是何等的喜悦。"木欣欣以向荣，泉涓涓而始流"是又一组优美的骈句，春天是多么富于生机啊！"欣欣向荣"一语将愉悦之情推向了高潮。前两段一样，仍然以感喟作结："善万物之得

时，感吾生之行休。”朱光潜说得好：“《时运》诗序中的最后一句话是‘欣慨交心’，这句话可以总结他（陶渊明）的精神生活。他有感慨，也有欣喜。唯其有感慨，那种欣喜是由冲突调和而彻悟人生世相的欣喜，不是浅薄的嬉笑；唯其有欣喜，那种感慨有适当的调剂，不是奋激佯狂，或是神经质的感伤。他对于人生悲喜剧两个方面都能领悟。”本篇每一段的抒情，实际上都“欣慨交心”，内含丰富，耐人回味。

从“已矣乎”到篇终，有感于人生短暂而强调顺应自然。前四句从上段的结句说起，照应篇首，谓去日苦多，“心为形役”的状况不能继续下去，总是“今是昨非”之感，一篇之中，不惜三致意焉。“富贵非吾愿，帝乡不可期”二句，既否定了世俗的功名富贵，又否定了宗教的彼岸世界，这在士风忙官、佛老盛行的东晋时代，境界不可谓不高。陶渊明的人生态度是任真的、实际的，他要通过劳动和咏吟，用双手和心灵，求得人生的意义，实现生命的价值。农闲可以出游，农忙则悉心耕作，丘壑万象，奔赴眼底，皆为诗材。下地能劳动，登高能赋诗。自然——劳动——艺术，构成陶渊明全幅充实的人生。“乘化归尽”即顺应自然潇洒过一生，是陶渊明人生哲学的概括。

全辞四段基本上合于起、承、转、合的节奏。艺术表现上颇具特色，概括起来有以下几点：抒情的欣慨交心，形象的疏朗饱满（自然的和人事的），结体的反复唱叹（欣与慨的内容于一篇中皆三致意），行文的骈散有致（骈偶处多为佳句），语言的平易流畅，风格的自然妍美。它为后世所重是理所当然的。欧阳修谓：“晋无文章，唯陶渊明《归去来辞》而已。”《容斋随笔》载：“建中靖国间，东坡和《归去来》，初至京师，其门下宾客从而和者数人，皆自谓得意也。陶渊明纷然一日满人目前矣。”

归园田居五首(录三)

(东晋)◎ 陶渊明

其一

少无适俗韵,性本爱丘山。误落尘网中,一去三十年。羁鸟恋旧林,池鱼思故渊。开荒南野际,守拙归园田。方宅十余亩,草屋八九间。榆柳荫后檐,桃李罗堂前。暧暧远人村,依依墟里烟。狗吠深巷中,鸡鸣桑树颠。户庭无尘杂,虚室有余闲。久在樊笼里,复得返自然。

陶渊明在辞去彭泽令后的次年,写下了《归园田居》五首。与《归去来兮辞》一样,它们是诗人辞旧我的别词,迎新生的颂歌。五首诗分别从辞官、居闲、农事、访旧、夜饮几个侧面描绘诗人归隐后的生活情趣,合起来是整体,分开来则具有相对的独立性。

第一首写辞官归来如释重负的愉快心情。诗一起即从少年时代养成个性说起,"韵"、"性"即气质禀性,"性本爱丘山"也就是"质性自然"(《归去来兮辞序》)的意思。然而渊明一生有三仕的经历,自觉在较长时间内失落了自我(或谓渊明为江州祭酒至彭泽弃官共十二年,到作诗时正好十三年,所以"三十"应作"十三"),成了"羁鸟"、"池鱼"。唯其是羁鸟,才深知恋旧林的滋味;唯其是池鱼,才深知离故渊的苦恼。这里"羁鸟"、"池鱼"的设喻,妙在"羁"、"池"两个定语,前应"尘网"的那个"网",后起篇末"樊笼"二字,从而形成贯穿首尾的系列比喻,是此诗在写作上的一个特点。

紧接写归田。"守拙"是一个关键词。"拙",相对于"巧"字而言。所谓"巧",也就是官场中的权术、机巧,也就是"机关算尽太聪明"(《红楼梦》)所谓的"机关"。

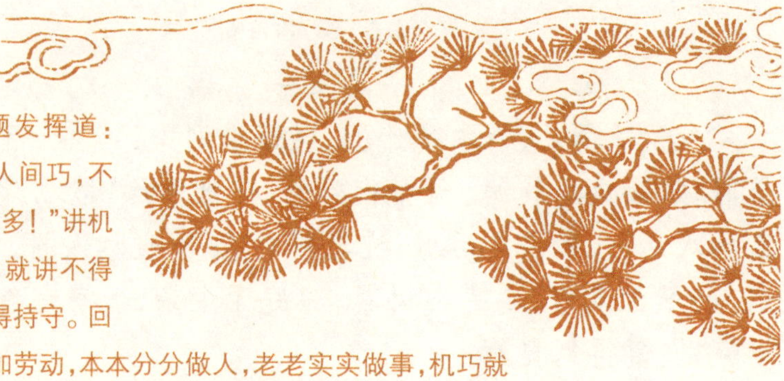

曾有诗人借七夕之题发挥道：“年年乞与人间巧，不道人间巧已多！”讲机巧讲权术，就讲不得原则，讲不得持守。回到农村，参加劳动，本本分分做人，老老实实做事，机巧就派不上用场，这就是所谓的“守拙”。

以下是一段田园风光的描绘，其中包含诸多的信息：久经战乱，地广人稀，农舍虽多草屋，宅地却也宽敞；只要投入劳动，就可再造生活，种下的榆柳在檐后形成绿荫，桃李在堂前织成绚烂，心里多么快活；村落相隔较远，人口密度不大，竹树掩映着几许田舍，天空中袅袅着几缕炊烟；鸡犬之声相闻，象征着和平与安宁——这里信手拈来汉乐府《鸡鸣》中“鸡鸣高树颠，狗吠深宫中”，点化入“桑”、“巷”二字，即成田园风光；这里没有污染（“户庭无尘杂”），不像陆机所叹的“京洛多风尘，素衣化为缁”；这里有的是自由支配的时间（“虚室有余闲”），可以从事自己的爱好。“余闲”也是一个关键词，使今人想起马克思所说的“自由支配的时间”，自由支配的时间就是财富，自由支配的时间也标志着人的解放程度。

正因为如此，所以诗人感到脱离官场，复返自然，实现了本性的复归，心情自然轻松舒畅。“从出世后归田，与烟霞泉石人不同。譬如潜渊脱网，无二鱼也，其游泳闲促，自露惊喜”（蒋薰）。

诗人生在动乱时乱，对现实政治不抱任何幻想。难能可贵的是他不悲观、也不疯狂，魏晋几代人中，只有他从与社会对立的自然，与城市对立的农村，与破坏对立的生产中看到希望，只有他奇迹般创造了一个桃花源，教人们无须绝望。他固然不是诗圣，没有杜甫那种悲天悯人的写实，然而他参透生活的哲理，教人在事不可为时怎样进行自我完善和维持心态的平衡。他用冲淡的五言诗，以平和从容的语调，叙述着他的愉悦和发现，他的诗有着强大的感染力，使人向真向善向美。《归园田居》的价值或许就在这里，方东树谓其“衣被后来，各大家无不受其孕育，当与《三百篇》同为经。岂徒诗人云耳哉”。

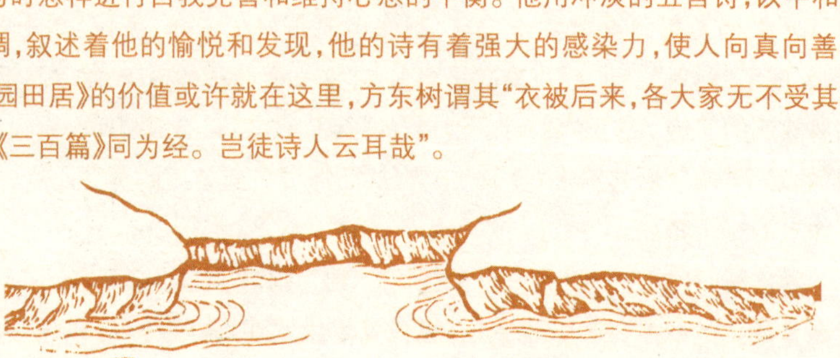

其　二

野外罕人事，穷巷寡轮鞅。白日掩荆扉，虚室绝尘想。时复墟曲中，披草共来往。相见无杂言，但道桑麻长。桑麻日已长，我土日已广。常恐霜霰至，零落同草莽。

此诗写乡居生活的艰辛一面，也可见陶渊明并非整日价的飘飘然。

前四句写脱离官场后难得的清静。极少世俗的交际应酬，极少车马贵客的造访，躲进柴门里边那幽静的居室，把一切俗念都抛到九霄云外去了。“野外”、“穷巷”、“荆扉”、“虚室”等意象，反复强调着乡居的清贫及诗人固穷守拙的决心。

这样的生活是否太寂寞了呢？不，以下四句表明，村居的柴门也有敞开之时，诗人也不时从野草丛生中寻路（“披草”），与乡野之人来往，彼此有共同关心的话题，有共同的语言，经常一起谈论桑麻生长的情况，而没有讨厌的废话（“杂言”）。很平常的交往，但和官场中的应酬一比较，就太可人意了。

田园生活有欣有慨、有喜有惧。庄稼一天天长高，开荒种地越来越多，这都是令人高兴的事情（“桑麻日已长，我土日已广”）。但古代农业社会一半儿是靠天吃饭，最怕的就是自然灾害，特别是严重的自然灾害造成颗粒无收，致使辛勤劳动的成果毁于一旦（“常恐霜霰至，零落同草莽”）。在这里，诗人的思想感情，通过劳动的洗涤净化，已是非常接近劳动人民了。诗取乡居生活的日常片断，表现了与农人息息相通的淳朴思想感情，而语言也相应地质朴无华。

其　三

种豆南山下，草盛豆苗稀。晨兴理荒秽，带月荷锄归。道狭草木长，夕露沾我衣。衣沾不足惜，但使愿勿违。

这首诗写日常劳动生活和诗人的心态，文字平易可解，却有较深内涵。

诗的前四句有意无意化用了汉人杨恽得罪罢官后以种豆寄兴发牢骚的一首诗："田彼南山，芜秽不治。种一顷豆，落而为萁。人生行乐耳，须富贵何时！"《汉书》颜师古注引张晏说，芜秽不治言朝廷荒乱，豆实零落喻己见放弃。陶渊明显然是知道这首诗的，故诗中说种豆，既是从事农业生产必有之事，也借用了杨诗"田彼南山，芜秽不治"，以说明生在浊世、乱世，洁身自好，躬耕田园，不失为一种可取的选择。再就是以"理荒秽"三字重笔写除草，在陶渊明看来社会的混乱，是由于人们放弃了农业这个根本而无谓地争斗，自耕自食即自然的生活方式，则是治疗社会的"荒秽"的一贴良药。

如果仅限于说理，这首诗不会如此有味。此诗还包含有真实的劳动生活感受，《归园田居》其一有"开荒南野际"之说，可见南山下的土地是新开垦的，所以不适合种其他庄稼，只好种上较耐贫瘠、容易生长的豆类。如果不考虑用典的因素，读此诗前半就如听老农话桑麻，十分亲切实在。"带月荷锄归"一句说明忙活了一天，但心情却是愉快的。或云"带"应作"戴"，其实这两个字是有差别的，说"戴月"即在月光下走，说"带月"即月亮走、我也走，意境和情趣显有不同。

后半紧承"归"字而来，诗人乘着月光，走在长满野草的乡间小路上，夜露打湿了他的衣裳。然而他乘着劳动归来的愉快，欣慰地想："衣沾不足惜，但使愿无违。"最后一句是全诗的结穴所在，也是陶渊明处世为人的根本原则之所在。这里的"衣沾"既是事实，又是弃官归耕必然也会遇到一定困难的象征。是事实，所以亲切；是象征，所以耐味。

庚戌岁九月中于西田获早稻

（东晋）◎ 陶渊明

人生归有道，衣食固其端。孰是都不营，而以求自安？开春理常业，岁功聊可观。晨出肆微勤，日入负耒还。山中饶霜露，风气亦先寒。田家岂不苦，弗获辞此难。四体诚乃疲，庶无异患干。盥濯息檐下，斗酒散襟颜。遥遥沮溺心，千载乃相关。但愿长如此，躬耕非所叹。

庚戌岁是义熙六年(410)，本年与写作前诗的癸卯岁，已相距七年，此时陶渊明已进入弃官归隐第六个年头，其躬耕自资思想经历了岁月的考验，得以巩固。此诗可视为前诗的续作。“西田”即《归去来兮辞》所谓“西畴”，以其相对于住宅的方位而称。

“人生归有道，衣食固其端。孰是都不营，而以求自安？”这里诗人不仅明确将温饱问题放到国计民生、治平之道的首位，而且对不劳而获的社会现象提出怀疑，实际上也是对孔孟“劳心者治人，劳力者治于人；治于人者食人，治人者食于人”那一套从来被视为天经地义的道理的否定，这是陶渊明归耕的最大收获。此诗写到农家苦乐，故较前诗深入。

无论写乐，还是写苦，又都能不动声色，能持一份平常心。明明是丰收，止云“聊可观”，而喜悦之情见于言外。明明农作辛苦，止说“肆微勤”，而劳作之态已具行间。“山中饶霜露，风气亦先寒”，止写冒严寒，而酷暑可知。“弗获辞此难”似言无奈，“庶无异患干”聊可慰情，于欣慨之间，觅取绝妙平衡。这种既无大喜、也无大悲，喜愠不形于色的情态，有如万顷湖面，微风乍起，虽时有波澜，终归圆融平静，是一种哲人的风度，也是陶诗的魅力所在。

登池上楼

（宋）◎ 谢灵运

潜虬媚幽姿，飞鸿响远音。薄霄愧云浮，栖川怍渊沉。进德智所拙，退耕力不任。徇禄反穷海，卧疴对空林。衾枕昧节候，褰开暂窥临。倾耳聆波澜，举目眺岖嵚。初景革绪风，新阳改故阴。池塘生春草，园柳变鸣禽。祁祁伤豳歌，萋萋感楚吟。索居易永久，离群难处心。持操岂独古，无闷征在今。

谢灵运（385—433），刘宋陈郡阳夏（今河南太康）人。东晋名将谢玄孙。生于会稽始宁（今浙江上虞），寄养钱塘（今浙江杭州）。晋末袭封康乐公，曾入刘裕等幕府，转中书侍郎、中军谘议、黄门侍郎。宋立，降为侯爵，复起为散骑常侍，转太子左卫率。宋少帝时出为永嘉太守。宋文帝时起为秘书监，又曾为临川内史，后被杀。有明辑本《谢康乐集》。

宋武帝刘裕去世后，长子刘义符即位，史称少帝，大臣徐羡之等人把持朝政，谢灵运以批评时政引起执政大臣不满，永初三年（422）被逐出京都，迁为永嘉太守，在政治上受到一次沉重打击。来永嘉的第一个冬天，谢就病倒在床，明春始愈，于是登楼观景，写下这一名篇。

前八句发官场失意、卧病永嘉的牢骚。诗以比兴开篇，潜龙与飞鸿在《易经》中分别用来象征隐栖与仕宦，皆属喻象。诗人被外放永嘉做官，心里充满怅恨，生了一场大病，所以自谓“徇禄（求官）反穷海（永嘉近海），卧疴对空林”；他的思想一度处在仕与隐的矛盾之中，心中得失交战着，感到进退两难，“进德智所拙，退耕力不任”是也。他感到仰愧飞鸿，俯怍潜虬。他病了，而且病得不轻。

中八句写病起看到的满园春色。“衾枕昧节候，褰开暂窥临”二句虽非写景，却是交待观景的特殊处境。由于长时间卧床休息，对于冬去春来的时序流逝几乎是无所知觉的，他是扶病强起，只想用活动调剂一下病榻的单调，所以下面写到的景色都是意想不到的发现。“初景（新春的太阳）革绪风（残冬的余风），新阳（春）改故阴（冬）”，这是对时序变化总体的感受，“倾耳”、“举目”二句则写出心情的喜悦和感觉的新鲜。

“池塘生春草，园柳变鸣禽”进入具体景物的描写。还有什么比野草更能先得春意的呢？特别是池塘边的幽草，其生长之迅猛，其草色之滋润，有些不同寻常；同时变绿的还有近水的杨柳，由于枝叶渐渐茂密，也就召来了春鸟。要注意句中的“变”字所传达的新奇感，即陶渊明所谓“时鸟变声”，即鸟儿变换了种类，总之是令人感到新奇的。这里的景色确实很平常，但也确实清新可喜，特别是在久病初愈的人闻见之中，真有说不完的生趣。两句自然生动，不假雕琢，为后人赞赏不已。元好问《论诗绝句》道：“池塘春草谢家春，万古千秋五字新。”吴可《学诗诗》道：“春草池塘一句子，惊天动地至今传。”钟嵘《诗品》引《谢氏家录》云：“康乐每对惠连，辄得佳语。后在永嘉西堂，思诗竟日不就，寤寐间，忽见惠连，即成‘池塘生春草’。故尝云‘此语有神助，非我语也’。”说明这两句诗是怎样为人津津乐道。后世选家取此诗，皆是为了这两句的缘故，陆机所谓“立片言以据要，乃一篇之警策”也。

末六句写触情感怀，决计归隐。诗人眼看池边春草，耳听园中鸣禽，忽然间想起风骚名句，一是《豳风·七月》的“春日迟迟，采蘩祁祁”，一是《楚辞·招隐士》的“王孙游兮不归，春草生兮萋萋”。古诗人描写春色的佳句不少，为什么忽然想起这两句诗来呢？原来按照如《毛诗序》等传统的说法，《七月》是周公在遭受流言，出居东都以避谗害时所作，而《招隐士》则是一首念及环境险恶，从而招唤隐士归来的诗。谢灵运想起这些诗句，当然是感于所遇的缘故。《礼记·檀弓》载“子夏曰‘吾离群索居，亦已久矣’”，“索居”二句即用其语，言“遁世无闷”（《周易》）的境界是一般人很难做到的，唯古之有节操的君子能之，诗人自己也打定了这个主意，所以末二句云“持操岂独古，无闷征（证）在今”。就在大约半年之后，谢灵运终于称疾辞职，归隐于始宁的祖居。

石壁精舍还湖中作

（宋）◎ 谢灵运

昏旦变气候，山水含清晖。清晖能娱人，游子憺忘归。出谷日尚早，入舟阳已微。林壑敛暝色，云霞收夕霏。芰荷迭映蔚，蒲稗相因依。披拂趋南迳，愉悦偃东扉。虑澹物自轻，意惬理无违。寄言摄生客，试用此道推。

本篇作于元嘉元年（424）至三年（426）间。其时谢灵运托病辞官，寓居故乡会稽始宁（今浙江上虞）祖上留下的庄园。庄园包括南北二山，中隔巫湖，旧宅在南山。谢灵运回乡后又在北山别营居宅。“精舍”在后世一般用来称佛舍，此指作者在北山营造的一座书斋。此诗当是由北山精舍返回巫湖所作。

前六句交待由精舍还湖中当日概况。诗人出谷的时候天色尚早，而到湖上船时，已是夕阳西下，山行几乎整整一天（“出谷日尚早，入舟阳已微”）。“昏旦变气候，山水含清晖”二句从大处落笔，不但写出山间早晚气候、温差变化之大，而且写出山间一日之中气象万千，所谓“若夫日出而林霏开，云归而岩穴暝，晦明变化者，山间之朝暮也”（欧阳修）。四句之妙，尤在中间顶真重复的“清晖”一辞，清者清新，晖者明媚，清新者林中之空气也，明媚者山间之日色也，而以形容字代之。再就是应注意那个“含”字，可与陶诗“中夏贮清阴”的“贮”字比美，它写出山光于物态的孕大含深，所以难于穷尽，也正因为“清晖能娱人”到这种地步，游子才憺而忘归。也就是说，本来路程不远，却因为一路流连光景，所以到湖较晚。

中六句承“入舟阳已微”描写黄昏到湖后看到的景色和归来愉快的感觉。四句先写望中林峦沟壑到天边云霞景色的变化，然后具体入微地描写于湖上看到的景色：“芰荷迭映蔚，蒲稗相因依。”在反照之下湖上的荷花显得特别美丽，而蒲苇和野草在微风中摇摆，渐渐变成一幅剪影。诗人像一个高明的摄影师，看准镜头，迅速按下快门，如此平常的景色，就凝固成一幅动人的画面。后二句写其舍舟陆行，拨开路边草木寻路，走向南山居所，然后愉快

地偃息于东轩之下，还沉浸在莫名的愉悦之中。

末四句写归来后所领悟到的玄理。那就是：一个人只要心境淡泊，凑泊于自然，那么对于名利得失和一切身外之物就会看得很轻；只要自己常常感觉良好，也就无悖于天道物理，换言之，这才是根本的养生之道。所以结句说："寄言摄生客，试用此道推。"

此诗紧扣题中"还"字，写一天的行踪：石壁——湖中——家中，次第井然。其中工笔重点描画的是傍晚湖景，将自然景物写得极富生意；结尾的说理也是来自当日流连光景的实际感受，所以没有生硬的毛病，是谢灵运山水诗中的佳作。李白《酬殷明佐见赠五云裘歌》云："故人赠我我不违，著令山水含清晖。顿惊谢康乐，诗兴生我衣。襟前林壑敛暝色，袖上云霞收夕霏。"大量运用了此诗中写山水的诗句来描绘服装上的图纹，可见他对这首诗的熟悉和喜爱。

之宣城郡出新林浦向板桥

（南齐）◎ 谢 朓

江路西南永，归流东北骛。天际识归舟，云中辨江树。旅思倦摇摇，孤游昔已屡。既欢怀禄情，复协沧洲趣。嚣尘自兹隔，赏心于此遇。虽无玄豹姿，终隐南山雾。

谢朓（464—499），字玄晖，南齐陈郡阳夏（今河南太康）人。少有美名，为竟陵王萧子良“西邸八友”之一。萧鸾（即齐明帝）辅政，任骠骑谘议，领记室。明帝时出为南东海太守、行南徐州事，迁尚书吏部郎。转中书郎，出任宣城太守，复还任中书郎。齐废帝即位，因不愿参与始安王萧遥光篡位之谋，被诬下狱死。为永明体代表人物之一。有明辑本《谢宣城集》。

此为羁旅行役写景之作。齐明帝建武二年（495）春天，谢朓出任宣城太守，从金陵出发，逆大江西行，途经新林浦、三山、板桥浦等地，写下本篇及《晚登三山还望京邑》等名作。

此诗以抒写旅途的感想为主，写景的句子不多，用字相当精审。诗人此行是逆水行舟，故云“江路西南永，归流东北骛”，“永”、“骛”二字不但精确地判出方向相反的船速和水速的区别，而且微妙地融进作者的感情色彩：行程刚刚开始，觉得前路漫长，而归思已随流水不停地奔向远方。然后推出诗中警句——“天际识归舟，云中辨江树”，“识”、“辨”二字写出了景中人的情态，那是诗人极目回顾的专注的神情。

王夫之透辟地指出：“语有全不及情而情自无限者，心目为政，不恃外物故也。‘天际识归舟，云中辨江树’，隐然一含情临眺之人，呼之欲出。从此写景，乃为活景。故人胸中无丘壑，眼底无性情，虽读尽天下书，不能道一句。”（《古诗评选》卷五）实开由景见情一种境界，为唐代山水行役诗将景中情、情中景融为一体（如孟浩然《早寒江上有怀》“乡泪客中尽，孤帆天际看。迷津欲有问，平海夕漫漫”），提供了成功的艺术经验。

作者在这次出守宣城之前，曾目睹南齐皇帝走马灯似的变换，不能不心有余悴。所以当他出牧宣城时，既对京邑有所留恋，又庆幸自己能避开政治斗争的旋涡。后面八句就表现这种复杂的情绪。“旅思倦摇摇，孤游昔已屡”，既包含眷恋故乡的惆怅，又用过去的经历来作自我排遣，越是强自宽解，越见途中的孤独。“既欢怀禄情，复协沧洲趣”道出了诗人安于荣仕和畏祸全身两种思想的矛盾。

盖魏晋以后，朝隐之风逐渐兴盛，调和仕隐的理论在士大夫中也很流行，至有“小隐隐林薮，大隐隐朝市”之说。据《列女传·陶答子妻》载，答子治理陶国三年，名誉不兴，家富三倍，其妻预感不祥，谓其母云：“妾闻南山有玄豹，雾雨七日而不下食者，何也？欲以泽其毛而成文章也，故藏而远害。”诗的结尾既用此典，并与首二句照应，令人掩卷之后，仿佛看到诗人乘舟向着西南漫漫的江路缓缓前行，渐渐隐没在云遮雾障的远山深处。

此诗通常被认为是谢朓山水诗的代表作，其实它写景的句子不多，更多着意于旅途感受和况味的抒写，然思致含蓄，结构完整，语言淡永，情味深长。两百年后李白诗中，还不胜神往地写道：“明发新林浦，空吟谢公诗。”（《新林浦阻风寄友人》）诗中仕与隐的矛盾心情，应该引起了这位异代知音的共鸣吧。

晚登三山还望京邑

（南齐）◎ 谢　朓

灞涘望长安，河阳视京县。白日丽飞甍，参差皆可见。余霞散成绮，澄江静如练。喧鸟覆春洲，杂英满芳甸。去矣方滞淫，怀哉罢欢宴。佳期怅何许，泪下如流霰。有情知望乡，谁能缜(zhěn)不变？

本篇与前首写于同一旅途，三山也是从京城建康到宣城的必经之地，离建康不远，相当于灞桥到长安的距离，故诗开头借用王粲《七哀诗》“南登灞陵岸，回首望长安”，下句则借用潘岳《河阳诗》“引领望京室”，其意若云：昔读这两位古人之诗，而今日始深有同感也。以下六句写景。因为登高望远，所以皇宫和贵族第宅的飞檐高高低低，在日光照射下清晰可见，“白日丽飞甍，参差皆可见”二句写尽满城的繁华景象和京都的壮丽气派。既然全城飞甍历历可见，那么从中辨认自己的旧宅当也是人之常情吧。

接着写白日西沉时的江景，“余霞散成绮，澄江静如练”——灿烂的晚霞铺满天空，犹如一匹散开的锦缎，清澄的大江伸向远方，仿佛一条明净的白绸。此二喻象不仅有动态与静态、绚丽与素静的对比，而且都给人以柔软的感觉，与黄昏时平静柔和的情调十分和谐。云霞是瞬息变幻着的，用光彩闪烁不定的锦缎来比喻十分恰切；而大江远看给人宁静的感觉，用白练来比喻最适当不过（唐人徐凝后用白练比喻瀑布“千古长如白练飞”，为王世贞所讥，就在于白练不宜喻飞动之水）。

如果说前两句是大笔晕染江天的景色，那么“喧鸟覆春洲，杂英满芳甸”则是细笔点染江洲的佳趣——众鸟的喧声越发衬出傍晚江面的宁静，遍地繁花则与满天彩霞争美斗艳；黄昏的鸟儿皆知寻找自己的归宿，而故乡春色美丽如画，无怪诗人要发出叹息了。“去矣方滞淫，怀哉罢欢宴”六句抒情，“去矣”、“怀哉”以虚词对仗，造成散文式的感叹语气，增强了声情摇曳的节奏感。以下则由乡思引起感伤作结。

全诗基本上沿袭谢灵运山水诗前半篇写景、后半篇抒情的程式，精彩在前半，表现出作者在景物剪裁方面的功力、铸造警句的本领以及诗风的清丽和情韵的自然，标志着山水诗在艺术上的成熟。李白于小谢诗颇熟，曾云“解道澄江静如练，令人长忆谢玄晖”，表现了他对诗中警句的欣赏。惜乎诗的后半抒情稍弱，未能脱俗，反映了作者思想境界志趣方面的局限，钟嵘所谓“篇末多踬”，即此类也。

诏问山中何所有赋诗以答

（梁）◎ 陶弘景

山中何所有，岭上多白云。只可自怡悦，不堪持赠君。

陶弘景（452—536），字通明，自号华阳隐居，丹阳秣陵（今江苏南京）人。仕齐拜左卫殿中将军。后隐居茅山。搜集整理道经，创茅山派。入梁，武帝礼聘不出，但朝廷大事辄就咨询，时称山中宰相。有《本草经集注》、《真诰》等。

本篇乃作者答梁武帝诏问，口占之作。一说乃答齐高帝诏。

“山中何所有”是诏问的内容。山中之物多矣，偏偏只拈出白云，便有意思。云是傍山而生的自然现象，古人却赋予它文化内涵。同是云，称“青云”，涵义就迥乎不同。白云在山，青云在天，白云象征山中，青云却象征朝廷。故仕途通达，谓之“青云直上”。而陶渊明“云无心以出岫，鸟倦飞而知还”（《归去来兮辞》）的“云”，定是白云。

“白云”为物，实乃水蒸气之聚合。远看成云，近成雾，“白云回望合，青霭入看无”（王维《终南山》）。君问“山中何所有”，本当立即来事，把本地特产包装送去。然而这特产是“白云”，叫我如何奉送？“只可自怡悦，不堪持赠君”，是俏皮话。“君”字用得好，特指帝王，泛指即第二人称。人不求人一样大，我是山人我怕谁。

再说，梁武之问，就是带头说俏皮话。其言外之意，是山中并无所有，入朝一切便有。陶弘景的回答，自然包含委婉拒聘之意，拒聘而不惹对方生气，是俏皮的好处。史载，梁武欲致陶出山，陶画一牛放蹄悠游于水草之间，一牛被穿了鼻孔为人所执。梁武见画，笑道：“此人无所不作，欲学曳尾之龟，岂有可致之理。”

梁武到底还算半个解人，故不妨对他作俏皮诗、俏皮画。如其不然，最好赶紧闭上嘴巴，往深山逃得远远，找一处溪流洗耳去吧。

答谢中书书

（梁）◎ 陶弘景

山川之美，古来共谈。高峰入云，清流见底。两岸石壁，五色交辉。青林翠竹，四时俱备。晓雾将歇，猿鸟乱鸣。夕日欲颓，沈鳞竞跃。实是欲界之仙都。自康乐以来，未复有能与其奇者。

与山水诗的兴盛相先后，山水记也逐渐发展起来。

晋穆帝永和九年(353)的上巳，当时名流谢安、孙绰、支遁等 41 人，在会稽郡山阴（今浙江绍兴）兰亭集会，宴乐赋诗，王羲之作序，并亲笔书成尽人皆知的《兰亭集序》帖。此文实开山水记的先河。文中曰："此地有崇山峻岭，茂林修竹，又有清流激湍，映带左右，引以为流觞曲水。列坐其次，虽无丝竹管弦之盛，一觞一咏，亦足以畅叙幽情。是日也，天朗气清，惠风和畅。仰观宇宙之大，俯察品类之盛，所以游目骋怀，足以极视听之娱，信可乐也。"其后文人出游，多在书信中与亲友谈论山水。

刘宋鲍照《登大雷岸与妹书》以形式精美的骈体在书信中高谈阔论山水胜景，首开风气。书中满怀兴致，用瑰丽奇崛的笔调摹写了九江、庐山一带烟云变幻、气象万千的景物："南则积山万状，负气争高，含霞饮景，参差代雄。凌跨长陇，前后相属，带天有匝，横地无穷。"又写道："夕景欲沉，晓雾将合，孤鹤寒啸，游鸿远吟，樵苏一叹，舟子再泣。诚足悲也，不可说也。"萧梁时代的陶弘景、吴均则在鲍照的基础上约为短篇，更见精粹，而为人传诵。

山水文学可称绿色文学，山水话题可称绿色话题，"山水之美"虽说"古来共谈"，但将它引入文学创作，却是六朝为盛。山水山水，有山有水。山是水之骨，水是山之魂。写山则状其高："高峰入云。"写水则显其清："清流见底。"山水石壁，色调之富，以绿色为主："两岸石壁，五色交辉。青林翠竹，四时俱备。"山中朝晖夕阴，气象万千，人境之外，乃有动物世界，动物给山水带来声音和生机："晓雾将歇，猿鸟乱鸣。夕日欲颓，沈鳞竞跃。"总结："实是欲界之仙都。"好个"欲界仙都"，可以现成地书刻在石壁上，给山水打上文化的印记。

短短一封书信，就这样尽收山水之奇，行文既很随意，对仗亦复工整。要言不烦，点到为止，正是文贵精、不贵多。作者当然有资格说："自康乐以来，未复有能与其奇者。"言下，他本人才是能"复与其奇者"。

吴均（467—519），字叔庠。吴兴故鄣（今浙江安吉）人。官待诏著作，奉朝请。其文工于写景，尤以小品书札见长，时称吴均体。有《续齐谐记》、《吴朝请集》等。

与宋元思书

（梁）◎吴 均

风烟俱净，天山共色，从流飘荡，任意东西。自富阳至桐庐，一百许里，奇山异水，天下独绝。水皆缥碧，千丈见底。游鱼细石，直视无碍。急湍甚箭，猛浪若奔。夹岸高山，皆生寒树。负势竞上，互相轩邈。争高直指，千百成峰。泉水激石，泠泠作响；好鸟相鸣，嘤嘤成韵。蝉则千转不穷，猿则百叫无绝。鸢飞戾天者，望峰息心；经纶世务者，窥谷忘反。横柯上蔽，在昼犹昏；疏条交映，有时见日。

本篇堪称"富春江第一漂"。它描写了作者从富阳到桐庐，一百余里的长途漂流中，所见及所闻的江上胜景。

与陶弘景前文相比，吴均此文略有展开，从中添了一个"从流飘荡"着的人，是其新处。此文开篇即佳，水天一色乃人所共知，谁也没想出这个"天山共色"。"自富阳至桐庐，一百许里，奇山异水，天下独绝"是一个总括。

总括之后，即写水流，水流有缓有急，妙有节奏。缓流处，"水皆缥碧，千丈见底。游鱼细石，直视无碍"。下滩时，"急湍甚箭，猛浪若奔"，漂流中人最爱的就是这个速度，好刺激！水急的地方，江面较窄，形成峡谷，因而所见是"夹岸高山，皆生寒树。负势竞上，互相轩邈。争高直指，千百成峰"。写山妙在化静为动，状出动势、动态。然后写听觉感受：泉水激石的声音，好鸟相鸣的声音，千转不穷的蝉的声音，百叫无绝的猿的声音，组成一部交响乐。由于自然的启迪，音乐的抚慰，使浮躁的心情重归宁静。这里，"鸢飞戾天"既是景色，又是比喻，由声音过渡到感想，转折自然。

说到山水对人产生的影响，本来也就结了。吴均却余兴未已，还要为他对山水补上一笔光线的描写："横柯上蔽，在昼犹昏；疏条交映，有时见日。"一般情况下，峡谷中行舟，常处幽暗，但有时可以见到太阳。什么时候？中午。于是恰到好处。骈体美文的形式，与其所表达的内容，结合得天衣无缝；对仗虽工，由于没有用典，读起来更觉清新流利。

与顾章书

（梁）◎ 吴　均

仆于去月谢病，还觅薜萝。梅溪之西，有石门山者，森壁争霞，孤峰限日，幽岫含云，深溪蓄翠；蝉吟鹤唳，水响猿啼，英英相杂，绵绵成韵。既素重幽居，遂葺宇其上。幸富菊花，偏饶竹实。山谷所资，于斯已办。仁智所乐，岂徒语哉。

本篇更多保留了书信的原有面目，“仆于去月谢病”，以第一人称叙事，间接地有第二人称的存在。信的核心内容仍属说山道水，点出“梅溪”、“石门山”具体的地名，是为山水之个性定位。中间描写山水的文字：“森壁争霞，孤峰限日，幽岫含云，深溪蓄翠；蝉吟鹤唳，水响猿啼，英英相杂，绵绵成韵。”几乎包括了山水记所有重要的元素：山、水、声、色、动、静等等，不过较前文为省净。然而注入更多生活的内容：“既素重幽居，遂葺宇其上。幸富菊花，偏饶竹实。山谷所资，于斯已办。”说怎样安家，怎样度日。“山谷所资，于斯已办”，简直就是“靠山吃山，靠水吃水”的意思，这是本文的特殊趣味。

结处的“仁智所乐”，概括极好。子曰：“智者乐水，仁者乐山。”（《论语·雍也》）原是极富哲理意味的话，约为四言，便成品题，可以大笔书之，临水勒石。

度大庾岭

（唐）◎ 宋之问

度岭方辞国，停轺一望家。魂随南翥鸟，泪尽北枝花。山雨初含霁，江云欲变霞。但令归有日，不敢恨长沙。

宋之问(656—713)，一名少连，字延清，唐汾州西河（今山西汾阳）人，一说虢州弘农（今河南灵宝）人。上元二年(675)登进士第，天授元年(690)以学士分直习艺馆，历洛阳参军，复与修《三教珠英》，迁左奉宸内供奉。神龙元年(705)，中宗复辟，坐谄事张易之贬泷州参军。景龙中以户部员外郎兼修文馆直学士，再转考功员外郎，三年(707)贬越州刺史。睿宗立，流于钦州，后赐死。有《宋之问集》。

此诗作于流放钦州（今属广西）过大庾岭时。大庾岭在江西大庾，以岭多梅花，又称梅岭，古人以此岭为南北分界线。

离开长安（“辞国”）到度岭，不是一天两天的事；但到度岭这一特定时刻，却更让人生去国之悲。“方”字就表达出这样的意味。一旦过岭，望家的视线将被隔断，所以此刻停车，虽是暂时的“一望”，却是重要的“一望”。诗中“度岭”、“辞国”、“停轺”、“望家”，都不过是叙写事实，本身并无诗味；而“方”、“一”两字的勾勒，使客观的事实具有了主观的色彩，这才产生出诗味。

古人认为，生病或死亡，会导致魂不附体。流放介乎二者之间，所以流人感到他的魂魄已随着南飞之鸟，远离故国。据说由于南北气候的差异，大庾岭上梅花，南枝落时，北枝犹开（参《白氏六帖·梅部》）。而流人家在北方，所以思乡的泪，竟打湿了北枝的花。诗以花、鸟作点缀，以南、北作唱叹，将前二句中所抒发的思乡之情，以曲折的方式作了推进。

接下来写雨散云收，气候转晴。这是写景，又不仅仅是写景，这里的景是所谓“有意味的情景”。这里的“雨霁”巧妙地映带了上文的“泪尽”。阴雨天气，本使人情绪低沉；而雨过天晴，又出现彩霞，则使人心情好转。其深层的意蕴是：天气的雨转晴，对应着人事的否去泰来，这是流人从景物中得到的心理暗示。诗中“变”字虽针对气象而发，却带来诗情的转折，贵在自然。

诗的结束于是水到渠成，借汉代贾谊被贬长沙王太傅的典故，进一步表达盼望北归的心愿。“但令”、“不敢”的勾勒，形成一个条件复句：明明有恨，却说“不敢恨”。而“不敢恨”，又是以“归有日”作为条件的。明快的抒情之中，复有曲折含蓄之致，颇合于温柔敦厚之旨。加上技法圆熟，音韵谐婉，起承转合，流畅自然，使这首诗达到了古典美的极致。

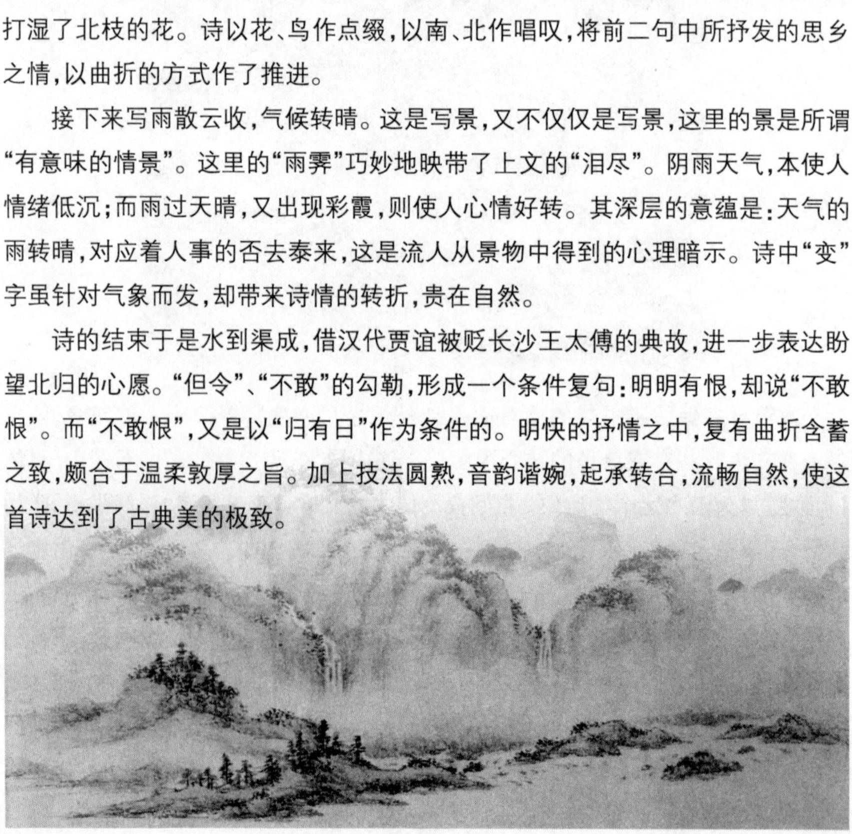

夏日过郑七山斋

（唐）◎ 杜审言

共有樽中好，言寻谷口来。薜萝山径入，荷芰水亭开。日气含残雨，云阴送晚雷。洛阳钟鼓至，车马系迟回。

这首工致细密、清新流丽的五言律诗，是杜审言做洛阳县丞时，到洛阳近郊郑七山斋访问时所作。郑七生平不详，可能是位隐者。诗歌描写了山斋的优美风光，表现了与友人郑七的深厚情谊。

首联写过郑七山斋的原因："共有樽中好，言寻谷口来。""好"（音 hào），爱好之意。诗人说，因为我和郑七都有饮酒的爱好，所以才来寻找他（目的当然是喝酒）。从古代传统的观念看，酒是忘忧解愁之物，曹操就有"何以解忧？唯有杜康"的诗句，而隐居与饮酒几乎是不可分离的，它正是隐士们高雅、旷达情怀的表现。因此，诗中的弦外之音，是说郑七有隐者的高尚胸怀，诗人对他十分倾慕，引为同调，所以才去拜访他。"言寻谷口来"一句，就用典故来进一步说明了这一点。"言"是语助词，无义。"谷口"，汉代县名，在今陕西礼泉县东。汉有隐士郑璞，躬耕于谷口。皇甫谧《高士传》："郑璞，字子真，谷口人也。修道静默，世服其清高。成帝之舅大将军王凤以礼聘之，遂不曲。扬雄或称其德曰：'谷口郑子真，耕于岩石之下，名振京师。'"诗人因为友人姓郑，就以谷口借指郑七的山斋，同时也以郑璞的清高，来比喻郑七的高洁。典故用得十分贴切，恰到好处。一个"寻"字，也暗示了山斋的幽深。两句诗看似平常，却有如许深刻的意蕴，不唯曲折地交待了郑七的身份和思想性格，也婉转地表明了过山斋的原因和二人的非同一般的友情。

既然"共有樽中好"，又是老朋友相会，当然少不了酒，诗歌接下来照例就该写喝酒了。然而诗人却不，他以极大的兴趣，用工细的笔墨，在中间两联描写山斋内外的

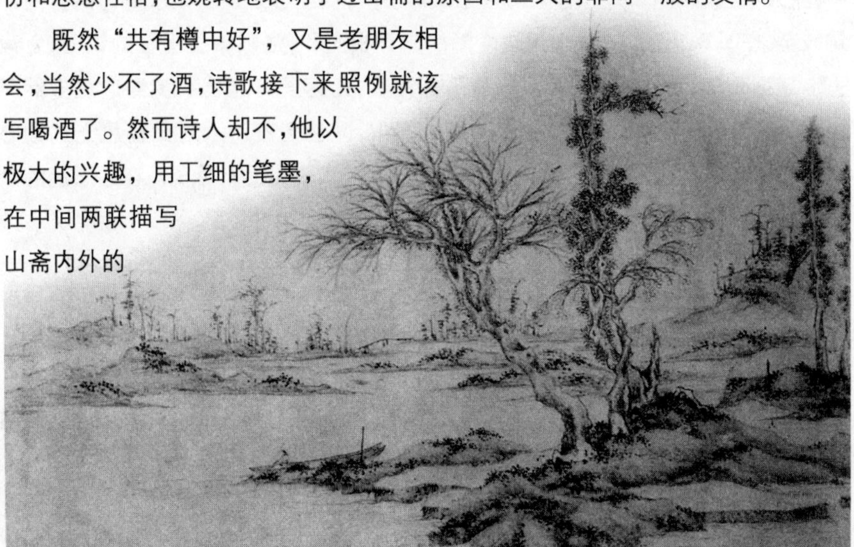

杜审言（645—708），字必简，祖籍襄阳（今属湖北），父迁居洛州巩县（今属河南）。高宗咸亨元年（670）登进士第，其后任隰城尉，累转洛阳丞。武后圣历元年（698），坐事贬吉州司户参军。旋授著作佐郎，迁膳部员外郎。神龙元年（705）因谄附张易之兄弟流放峰州，不久召还，授国子监主簿，加修文馆直学士。有宋本《杜审言集》。

景色，为读者勾画出一幅优美的山居夏日图："薜萝山径入，荷芰水亭开。"上一句说，在通往郑七山斋的曲折的山路上，长满了茂盛的薜荔和女萝，虽然还未到山斋，但那山斋的幽深和清静，已是可以想见的了。下一句则是进入山斋后的景象：在水亭周围的水池中，一望无际的荷、菱铺展开来，并且开出了鲜艳的花朵，在微风中散发着清香，这果然是一个幽静、美好的所在！"山径"是崎岖的，而水池却是开阔的，经过狭窄山路的行走，来到山斋后，诗人顿觉豁然开朗，心胸也为之爽然。诗中"入"字和"开"字，不仅表示了诗人的行动，也暗示出心情的变化，可谓精微。接着，在"日气含残雨，云阴送晚雷"一联中，作者又把笔触从平面的描写转向立体的空间：在那荷、菱盛开的水池上，雨后新晴，空中洒下明朗的阳光，照在残留的雨水上，蒸气冉冉上升；到傍晚，天气渐渐转阴了，那天边又传来隐隐的雷声。其中"日"、"雨"、"阴"几个字，暗含着天气变化很快之意。诗人来前，显然刚下过雨（"含残雨"），而到来时天气才放晴，到傍晚又转阴，并且传来隆隆的雷声，显然又要下雨了。这正是深山中特有的气象，作者用天气变化之快，来侧面烘托了山斋的既幽且深，不仅符合生活的真实，也有助于诗歌意境的表现。同时在"日"、"晚"二字中，也包含着时间的推移，表明了诗人在山斋中逗留的时间。通过这一联的描写，山斋的幽静景色得到了进一步的充分表现，地上风物和空中景象融为一片，在静谧中包含变化，在幽深中充满生机，这里的一切，真叫人心醉啊！作者精细的描写，使山斋风光充满感人的魅力，令人心驰神往。

中间两联，诗人好像只在流连风光，只字没有提到喝酒。其实，那主人的热烈欢迎，设酒盛情款待，席间杯觥交错的欢乐气氛等情景，全都隐藏在诗行的空白中，让人自去领会。而且，看来诗人还饮得不少，以至于延误了回去的时间："洛阳钟鼓至，车马系迟回。"与那天边隆隆的雷声相应和，洛阳城里报暮的钟、鼓之声也清楚地传来，诗人该走了，但车马仍然拴着，迟迟没有起程。诗到这里戛然而止，却留下了耐人寻味的余韵，在迟迟未回中，既包含着诗人对山斋风光的倾心爱慕、流连忘返，同时也表现出与主人的深情厚谊，一见而不忍离。在这悠远的余韵中，诗歌产生了动人心弦的艺术力量。

登鹳雀楼

（唐）◎ 王之涣

白日依山尽，黄河入海流。欲穷千里目，更上一层楼。

此诗是登楼题咏之作。

唐代河中府的一处高阜上，有一座三层的高楼，正对中条山，俯瞰黄河水，因为楼高，时有鹳雀来栖，故名鹳雀楼。这里历来是登临胜地。唐人题咏甚多，而这首五绝当推第一。

诗的前半写登览中苍茫壮阔的景象。诗句排空而起。“白日”，写傍山的太阳，圆而益大，明朗璀璨。映衬它的是恢恢天宇，显得气势磅礴。用一个声调永长的“依”字，更状出了太阳靠山缓缓沉下的壮丽情景，这是只有登高远望才可能得到的生动感受。天地悠悠，气象恢廓，读者的胸怀为之大开。

在鹳雀楼上，事实上看不见大海，诗人却用丰富的联想加长了目力，写出了“黄河入海流”这样声势赫赫的句子。而声调短促的“入”字与舒缓永长的“流”字配合，一仄一平，一张一弛，音情摇曳，成功地表现了黄河一泻千里东到大海的雄伟气势。诗句的韵律与所表现的情感水乳交融，完美地统一着。

短短十字，日、海、山、河，并吞万有，气象开张。写落日，写河流，却绝无“夕阳无限好，只是近黄昏”、“恰似一江春水向东流”的感伤。相反，这景象的豪迈壮阔，激起的是人不能自已的豪情。于是后二句把诗的意境提到一个新的高度。它不仅歌颂了大好河山，表现了诗人的襟怀抱负，常被人简单概括为“站得高才能看得远”，这当然不错，不过在诗中，这样的哲理是寓于形象，饱含着丰富情感，所以激动人心。

王之涣（689—742），字季凌，原籍晋阳（今山西太原），生于绛郡（今山西新绛）。开元初为冀州衡水主簿，后被诬去职，优游山水。晚任文安县尉，卒于官舍。《全唐诗》存诗6首。

孟浩然(689—740)，或谓字浩然，襄州襄阳(今属湖北)人。少隐家乡鹿门山，玄宗开元十六年(728)进京应试不第，遂漫游天下，以布衣终老。有《孟襄阳集》。

过故人庄

(唐)◎孟浩然

故人具鸡黍，邀我至田家。绿树村边合，青山郭外斜。开轩面场圃，把酒话桑麻。待到重阳日，还来就菊花。

这是一首记述乡下作客的诗。请吃，是中国人建立感情的一种方式；杀鸡炊黍，是田家待客的习俗。“鸡黍”二字很家常，但也有出处，《论语·微子》：“子路从而后，遇丈人……止子路宿，杀鸡为黍而食之。”后来元杂剧有一出《范张鸡黍》写的是后汉太学生范式，约定九月十五日到朋友张劭家探望，到期张杀鸡炊黍以待。张母疑心范相隔千里，未必能到。话音才落，范就到了。此诗一、二句写故人相邀而我即至，不推辞，不误期，既随和，又讲信用，这正是一种最普通的人情，是人际交往中最常有的现象。诗人随手拈出，富于生活气息，多么亲切。

继二句写赴会沿途所见景色，这村庄坐落在城外，傍着一带青山，为绿树所环绕，这使人想起一首有趣的数字诗：“一去二三里，烟村四五家。亭台六七座，八九十枝花。”真能在写景中表现出郊游的情趣来。元人马致远《双调·夜行船》：“红尘不向门前惹，绿树偏宜屋角遮，青山正补墙头缺，竹篱茅舍。”这鼎足对的写景更鲜丽，也更尖新，却没有这里的自然朴素：马曲写的是茅舍一角，取景较窄；孟诗写的却是整个农村，眼界自宽；马曲流露的是孤高的情怀，此诗表现的却是平常心，具有更多的生活气息。所以这两句的好处，远在修辞之外，是全诗的灵魂，是感情与形象交融的结晶。这两句重点表现的是青山、绿树、村落，它们水乳交融地打成一片，而城郭相形之下就显得是个陪衬了，这里包含着一颗农家的心。

接下来写打开轩窗，宾主开怀细酌，谈笑风生，所谈的无非是庄稼话，家常话，所谓“相见无杂言，但道桑麻长”。城里终日忙忙碌碌的人，是很少能领略这种闲侃的乐趣的，它的前提是闲，有闲才有侃的心情，可人相对，清茶一杯，聊天聊上一天都不觉累。什么谋职求官之类的事，连想都不去想它了。诗人忘情于田园风光与友情之中了。

喝罢、谈了，最后是告辞。诗人的谈兴和酒兴未消，他说还要再来，那就在重阳节罢。这照应了开篇，这次是应邀而来，下次是不请也要来。在这种坦诚到忘形的话中，田庄的美好、故人的热情、作客的愉快，全都有了。

诗写一次普普通通的作客，在一个普普通通的农家，这儿既没有引人注目的名胜，也没有令人兴奋的事件，不过是一片场圃，遍地桑麻，一些村人来往的道路，然而诗人却成功地创造了一个和平、理想的天地，一个没有传奇色彩的人间桃源，写出了诗人忘怀得失于友情与大自然的喜悦。全诗平平叙起，娓娓道来，没有一个夸张的句子，没有一个华丽的词语，“语淡而味终不薄”（沈德潜），这就是孟浩然的诗。

临洞庭湖赠张丞相

（唐）◎ 孟浩然

八月湖水平，涵虚混太清。气蒸云梦泽，波撼岳阳城。欲济无舟楫，端居耻圣明。坐观垂钓者，徒有羡鱼情。

这是一首干谒之作。所干之人，一说为张九龄，一说为张说。就关系而言，浩然于九龄较深，但九龄并未做过岳州一带地方官。张说开元中曾罢相，开元四年（716）坐事贬为岳州刺史，所以就事迹言，则投献张说的可能性为大。

洞庭本是长江中游巨浸，所谓“巴陵胜状，在洞庭一湖，含远山，吞长江，浩浩汤汤，横无际涯，朝晖夕阴，气象万千”，诗人来在八月，正值秋水盛涨，只一个“平”字，便形容出湖水的更加浩渺。湖水给人的强烈感受，除了广，还有深，“涵虚混太清”一句就专写洞庭的孕大涵深。“虚”与“太清”俱指天空，不过“涵虚”的“虚”乃指水中的天空，“太清”则是指头上的天空，诚所谓“上下天光，一碧万顷”。这两句是大处落墨，静态的描写，接下来的两句则取动态，写洞庭的气势和声威。

据宋人范致明《岳阳风土记》云：“（岳阳）城据湖东北（不仅如此，古代的云梦大泽也在洞庭的东北，具体而言，云泽在江北，梦泽在江南，相当于今湖北东南与湖南北部一带低洼地区，方圆八九百里），湖面百里，常多西南风。夏秋水涨，涛声喧如万鼓，昼夜不息。”而“气蒸云梦泽，波撼岳阳城”二句，就写出西南风至，湖之声气东行所具有的威力和影响，“蒸”、“撼”二字，就写出了一种力度、一种震撼。这也就是孟诗“冲淡中有壮逸之气”的范例了。

湖水呈现的这种活力，这种气象，就使人联想到时代脉搏，盛唐气象。这触动了深藏在诗人潜意识里的不安，怎么能在这样千载难逢的大时代里无所作为呢？晚唐杜牧有一句诗：“清时有味是无能。”（《将赴吴兴登乐游原一绝》）可作“端居耻圣明”的注脚。“欲济无舟楫，端居耻圣明”两句，完成了此诗从写景到陈情间的过渡之妙。

已经表现出希望援引的意思了，不过只说“欲济无舟楫”，就不那么露骨，反过来说也就是委婉。想到湖的彼岸，可惜没船；“鱼，我所欲也”，可惜没有钓竿。《淮南子·说林训》云：“临河而羡鱼，不若归家织网。”一种蠢蠢欲动之情，跃然纸上。这是在陈情，在干人，然而运用的却是比兴手法，“欲济”呀、“舟楫”呀、“垂钓”呀、“羡鱼”呀，这些喻象都紧紧扣住观湖感兴而来。因此，全诗浑然一体，绝无前后割裂、勉强凑合之感。诗中三、四两句意境雄阔，历来与杜甫“吴楚东南坼，乾坤日夜浮”（《登岳阳楼》）并提，“后人自不敢复题”（方回）。

晚泊浔阳望庐山

（唐）◎ 孟浩然

挂席几千里，名山都未逢。泊舟浔阳郭，始见香炉峰。尝读远公传，永怀尘外踪。东林精舍近，日暮但闻钟。

浔阳亦即江州（今江西九江），在湓水与长江交会处，庐山在城南。这首诗是诗人路过庐山时所写。他登山没有呢？今已无从查考。诗一起即说“挂席几千里，名山都未逢”，想必是要登的。而这首诗表现的，是初到名山的喜悦，及由此引起的怀古幽情。

初到名山的这份喜悦，诗人没有直接说出，然而通过前两句挂席千里、名山未逢的铺垫，一种不期然而然的欣喜之情，通过“始见”二字，溢于言表。“哇，那就是香炉峰呀！”真是踏破铁鞋无觅处，得来全不费功夫呀。香炉峰是闻名已久，香炉峰的瀑布是不可不看，路过而不看，是要遗憾终生的。然而庐山的有名又不止在山水，还因为它的人文历史。所谓“远公传”，远公即东晋高僧慧远，曾和隐士刘遗民等结白莲社，后世奉为莲宗初祖，他爱庐山，刺史桓伊就为他在这里造了一座禅舍，即东林寺或称“东林精舍”，大诗人陶渊明也曾和慧远有过交往。有道是“山不在高，有仙则名”，山本来高，有“仙”就更有名了。过去是从书上读到远公的事迹，曾长久地为之神往，而今东林精舍就在眼前，使人回忆起传记中所写，更有一种温故知新的感受——听那钟声，一定是从东林寺传来的吧。

诗并没有实写登山访古，却将见名山的愉悦和对古人的思慕一并传出，令人神往。故清人王士禛以为此诗达到“不著一字，尽得风流”的妙境，还说：“诗至此，色相俱空，真如羚羊挂角，无迹可求（据说羚羊过夜是将角挂高枝之上，四足离地，故无迹可求），画家所谓逸品是也。”

宿建德江

（唐）◎ 孟浩然

移舟泊烟渚，日暮客愁新。野旷天低树，江清月近人。

建德江是新安江流经建德（今属浙江）的那一段。诗人旅行时住在船上，诗也是在船上写的。此诗点情只“客愁新”三字，语言妙于模糊，可以说是离家未久（其实从襄阳到建德，离家的日子应不短，心理上可能觉得离家未久），所以想家；勿忘“日暮”二字，黄昏时分特别想家，也可使乡愁转新。而新愁只是旧愁，旧愁翻作新愁也。情点到为止，其余全是写景了。

此诗写景极为清妙，“烟渚”二字可以唤起多少美的联想。而末二句更以天低于树来写原野的旷远，以月近于人来写江水的清澈平静，构思精巧，“天低树”、“月近人”都是视感上的错觉，“天低树”是因天远于树，“月近人”只是月影近人，虽是错觉，又有强烈的真实感。这种美得异样的景色，使诗人陶醉而又迷惘。景是太美了，只是人有些孤单，“应是良辰好景虚设”了。这就形象地印证了“客愁新”三字。

此诗在形式上取对结，即先散后骈，闹不好会有未完之感。然而这两句写景的同时，又是微妙地言情，有余味，所以只让人觉得精工，绝无半律之嫌。

渡浙江问舟中人

（唐）◎ 孟浩然

潮落江平未有风，扁舟共济与君同。时时引领望天末，何处青山是越中？

孟浩然诗主要以五言擅场，风格浑融冲淡。诗人将自己特有的冲淡风格施之七绝，往往“造境飘逸，初似常语”而“其神甚远”（陈延杰《论唐人七绝》）。此诗就是这样的杰作。

孟浩然于开元初至开元十二年间，数度出入于张说幕府，但并不得意，于是有吴越之游，开元十三年（725）秋自洛首途，沿汴河南下，经广陵渡江至杭州。然后，渡浙江之越州（今绍兴），诗即作于此时。

在杭州时，诗人有句道“今日观溟涨”，可见渡浙江（钱塘江）前曾遇潮涨。一旦潮退，舟路已通，诗人便迫不及待登舟续行。首句就直陈其事：“潮落”、“江平”、“未有风”，初似平平淡淡的常语。然而细味，这样三顿形成短促的节奏，正成功地写出为潮信阻留之后重登旅途者的惬意。可见语调也有助于表现诗意。

钱塘江江面宽阔，而渡船不大。一叶“扁舟”，是坐不了许多人的。“舟中人”当是来自四方的陌生人。“扁舟共济与君同”，颇似他们见面的寒暄。这话淡得有味，虽说彼此素昧平生，却在今天走到同条船上来了，“同船过渡三分缘”，一种亲睦之感在陌生乘客中油然而生。尤其因舟小客少，更见有同舟共济的亲切感。所以问姓初见，就倾盖如故地以“君”相呼。这样淡朴的家常话，居然将承平时代那种淳厚世风与人情味惟妙惟肖地传达出来，谁能说它是一味冲淡？

当彼岸已隐隐约约看得见一带青山，更激起诗人的好奇与猜测。越中山川多名胜，是前代诗人谢灵运遨游歌咏过的地方，于是，他不禁时时引领翘望天边：哪儿应该是越中——我向往已久的地方呢？他大约猜不出，只是神往心醉。这里并没有穷形尽象的景物描写，唯略点“青山”字样，而越中山水之美尽从“时时引领望天末”的游子的神情中绝妙传出。可谓外淡内丰，似枯实腴。“引领望天末”，本是陆机《拟兰若生朝阳》成句，诗人信手拈来，加“时时”二字，口语味浓，如自己出，描状生动。注意吸取前人有口语特点、富于生命力的语汇，加以化用，是孟浩然特擅的本领。

“何处青山是越中？”是问舟中人，也是诗的结句。使用问句作结，语意亲切，一问便结，令读者心荡神驰，使意境顿形高远。全诗运用口语，叙事、写景、抒情全是朴素的叙写笔调，而意境浑融、高远、丰腴、完满。“寄至味于淡泊”（《古今诗话》引苏轼语，见《宋诗话辑佚》），对此诗也是确评。

渭川田家

（唐）◎王　维

斜光照墟落，穷巷牛羊归。野老念牧童，倚杖候荆扉。雉雊麦苗秀，蚕眠桑叶稀。田夫荷锄立，相见语依依。即此羡闲逸，怅然吟式微。

王维（699—761），字摩诘，太原祁（今山西祁县）人，后徙家蒲州（今山西永济西）。玄宗开元九年（721）中进士，任太乐丞，后贬济州司仓参军。二十三年任右拾遗。曾以监察御史出使凉州，为河西节度使幕府判官。曾居终南山。天宝元年(742)改官左补阙，旋居蓝田辋川。十四载迁给事中，翌年为安史乱军所获，拘于洛阳。肃宗至德二载(757)，陷贼官六等定罪，以诗获免。乾元元年(758)授太子中允，加集贤学士，迁中书舍人，改给事中。上元元年(760)官尚书右丞，世称王右丞。有《王右丞集》。

“渭川”《文苑英华》作“渭水”，渭水本是古黄河，由于地壳的变迁，迫使黄河改道，形成现状。它发源于甘肃渭源县鸟鼠山，东流经陕西，于华阴县渭口入黄河。在唐代，这是一条重要的河流，长安就在渭水南岸，故有“西风吹渭水，落叶满长安”（贾岛）之歌吟。此诗写渭河流域的农村生活观感，时在一个暮春傍晚。

农村的黄昏时分是富于诗意的，不仅是因为夕阳可爱，回光返照墟落的景色迷人，而且经过了一天劳作，农夫们就要得到甜蜜的憩息，乡村的气氛特别轻松愉快。“日之夕矣，羊牛下来”，各家各户，都在盼望亲人的回还。诗人从中撷取了一个典型的动人情景：一个老人正拄着拐杖在柴门外等候暮归的牧童。一种老牛舐犊的亲切的人情味，就透过纯客观描写的画面流露出来。拄杖动作描写固好，“念”字写心理活动尤佳。

潘岳《射雉赋》写暮春野外景物道：“麦渐渐以擢芒，雉唯唯而朝雊。”诗人概括为一句：“雉雊麦苗秀。”这是蚕儿快要结茧的季节，荀卿《蚕赋》云：“三俯三起，事乃大已。”阡陌上的景色，正是“柔桑采尽绿阴稀”（王安石）。诗句紧扣农时农事，散发出浓郁的泥土气息。倘在日间，农夫们“足蒸暑土气，背灼炎天光。力尽不知热，但惜夏日长”，绝不会有人荷锄而立，拉闲扯淡。只有在这黄昏收工时分才有工夫摆谈几句，虽不过只说些桑麻之类，却谈得十分投机，依依不舍。稍有农村生活经验的人，都会为这些质朴无华的诗句所感动，艾青诗云：

我永远是田野的各种气息的爱好者啊/无论我飘泊到哪里/当黄昏时走在田野上/那如此不可排遣地困惑着我的心的/是对于故乡路上的畜粪的气息/和村边的畜棚里的干草的气息的记忆啊。

这诗的诗题叫《黄昏》，古人谓之“式微”（《诗经·邶风》篇名）。《式微》一诗描写为主子从早干到晚，天黑了还不得回家的怨情。诗人为渭川农村黄昏景色所吸引，从而产生了对田园生活的羡艳，也就情不自禁地吟起这首诗来了。诗人的“羡”，当然是置身局外者的想法。

鲁迅《风波》曾揶揄道：“老人男人坐在矮凳上，拿着大芭蕉扇闲谈：孩子们飞也似地跑，或蹲在乌桕树下玩石子；女人端出乌黑的蒸干菜和松花黄的米饭，热蓬蓬冒烟。河里驶过文人的酒船，文豪见了，大发诗兴说：‘无思无虑，这真是田家乐啊。’”“无思无虑”正是“闲逸”二字的注脚。话说回来，正因为置身局外，诗人也才持审美观照的态度，对田家景物有极新鲜的发现。他捕捉住最富有乡村黄昏特征的景物，描绘出了一幅富于生活情趣的田园画。

这确是“画”。除末二句抒情外，前八句皆写景：夕阳西下，牛羊归巷，野老候门，麦秀桑稀，田夫闲话……景与景间并无时间先后关系，也不表现动作过程，而重在展露物象的空间关系。孟浩然《过故人庄》重在表现时间过程，四联依次写应邀——赴宴——开筵——话别，相比之下，本篇如画的特色尤显。

栾家濑

（唐）◎王 维

飒飒秋雨中，浅浅石溜泻。跳波自相溅，白鹭惊复下。

自然美多姿多采，即使同一个风景点上，那景色也有四时晨昏的变化，宜人程度的不同。"雷峰夕照"、"三潭印月"等景点名称就有这样的讲究。王维写景诗的一个特点就是善于捕捉某地最为宜人的景色，如《鹿柴》写深林返照，《鸟鸣涧》写月下鸟语。还有《栾家濑》写秋雨急流，也是好例子。

秋雨不如夏雨来势陡，但持续时间较长，水较平日更为湍急。濑声喧哗，方引起诗人往观的兴趣。诗人之好友裴迪同咏道："濑声喧极浦，沿步向南津。"正写出当日情事。披蓑冒雨往观濑景，游者兴致之高，濑声之富于魅力，可想而知。读诗的前二句，就使人如见这样的图景：在"飒飒秋雨中"，两位幽人伫立滩头，谛听"浅浅"濑声，目送湍急的"石溜"满空丝雨，一川水流，交织成自然的乐章，流动的画意，十分迷人。秋雨急濑，水流夹有大量鱼虾，又值浦上少行人，故其时鸥鹭翔集。其中较有趣的是白鹭。这种水鸟颇善伪装，所谓"行当青草人先见，行傍白莲鱼未知"，往往一足独拳，移时不动，专候过路的鱼虾。但在急流险滩之边，时有水石相激，跳珠倒溅，又常使得这警觉的长腿鸟儿猛然吃惊，腾空而起。终因羡鱼心切，虚惊之后，又安然"复下"。诗的后二句即写这种特殊的风光。那"白鹭"绝非一只两只，惊而复下的情形，必然周而复始、此起彼落地发生，成为一种节奏感很强的运动，不在秋雨急濑中，断难见到如此奇景。

秋雨迷蒙的背景之上，濑声伴奏，白鹭起舞，成为天趣盎然的图画。与王维同时，到过栾家濑的人很多，但栾家濑的美，唯有对大自然独具慧眼的王维才能发现，并将这种美用富于色彩与音乐的文字予以惟妙惟肖地再现。

白石滩

（唐）◎王 维

清浅白石滩，绿蒲向堪把。家住水东西，浣纱明月下。

辋川诸诗多写景之作，兼及人事活动而写得饶有情味的，当首推本篇。滩水自然很“清浅”。但若是止水，则石上必生绿苔，从“白石”二字可见是流水了。流水不腐，长经水激，则滩边滩底的石子特为清洁光润，洁白可爱。于是，“清浅白石滩”一句既写出明月下之水色，又能传出“清泉石上流”的悦耳之声。此情此景，不仅幽静，而且富于生意。

次句“绿蒲”与“白石”对举成文，蒲苇之绿与滩石之白相对比，色彩幽雅而鲜明。“向堪把”是说揽之几可盈把，是写蒲苇的丰茂。盖蒲苇之为物不仅可供观赏，还有经济价值：“青蒲衔紫茸，长叶复从风。与君同舟去，拔蒲五湖中。”（南朝民歌《拔蒲》）蒲茎可以编席，苇花可以絮衣。“绿蒲向堪把”，于流连光景之外，有意无意含有一种劳动者的喜悦。

这就自然而然带出了诗中主人公：“家住水东西，浣纱明月下。”这两句省略的主语，就是诗人在《山居秋暝》中歌咏过的“浣女”了。她们白天劳作，明月之夜正好出来浣衣。说成“浣纱”易使人联想到古代的西子，这就把人与事都诗化了。在白石滩浣衣的女子，居处不远，有的在水东，有的在水西。虽然各在水之一方，那清浅的滩流，却不甚宽广，因此无妨她们涉足来往。二句又隐隐流露出一种伙伴的亲切感。

白石滩头，水声淙淙，杂着笑语，这景象和平美好，王昌龄有一首《浣纱女》诗云：“钱塘江上是谁家，江上女儿全胜花。吴王在时不得出，今日公然来浣纱。”二诗归趣相若，可以参读。

竹里馆

（唐）◎王　维

独坐幽篁里，弹琴复长啸。深林人不知，明月来相照。

竹里馆建在辋川一片竹林之中，环境幽深。王维常憩馆内，“日与道相亲”。此诗写其恬淡自得的生活情趣。

“幽篁”一辞出自《楚辞·九歌·山鬼》：“余处幽篁兮终不见天。”“终不见天”正表现篁竹遮天蔽日的深幽。《山鬼》歌辞表现出的是一种孤独思偶的情怀，隐寓着骚人政治上求合不成的感喟；《竹里馆》“独坐幽篁里”云云，则完全是怡然自得的神情。在唐诗中，“弹琴” 这个意象往往用来表现一种不合时宜的清高拔俗的情感。至于“长啸”，自魏晋以来就是名士风度的一种表征，那啸声饶有旋律，相当富于魅力，竹林七贤之中的阮籍就神乎其技，竟能“与琴声相谐”（《陈留风俗传》）。“弹琴复长啸”，就传达出独处幽篁之幽人悠闲怡悦、尘虑皆空、忘乎其形的情态。

“深林人不知”，虽不是“不吾知其亦已兮”的牢骚话，却也小有遗憾。这就摇漾出最后一句：“明月来相照。”“来相照”与“人不知”意义正相反对，正好弥补了那小小的遗憾而归于圆满。诗人似有了他的知音——你看那中宵皎洁的明月，打那篁竹的空隙间钻出来，脉脉相窥，直令人心境为之澄澈。不过，“来相照”的毕竟只是一轮“明月”，又更见竹里馆的“幽深无世人”（裴迪同咏诗），更见其境的恬静。

此诗在用字造语上没有用力的痕迹。写景只在俯仰之间，“幽篁”、“深林”、“明月”，几个物象，自成幽雅环境。叙写的笔墨也简淡，“独坐”、“弹琴”、“长啸”几个动作，妙达闲逸自适心情。三、四两句转合之间那个小小的摇漾，其功用是不可忽略的。

鸟鸣涧

（唐）◎ 王 维

人闲桂花落，夜静春山空。月出惊山鸟，时鸣春涧中。

王维的《皇甫岳云溪杂题》五首是描写友人别墅风光的一组诗，《鸟鸣涧》即其一。鸟鸣涧是云溪一处地名，顾名思义，这是一个多鸟而幽静的山涧。王维“晚年唯好静”，对大自然的幽美境界多所发现。这首描写春天月色、空山鸟语的小诗是他的代表作之一。

关于鸟鸣和山幽之间的关系，我们的古代诗人是很感兴趣的。梁代诗人王籍就有“鸟鸣山更幽”的名句。而宋代诗人王安石却反其意而用之，在诗中写道：“一鸟不鸣山更幽。”然而，它们似乎都不如王维《鸟鸣涧》善于体察二者之间的辩证关系，从而创造出更为深邃的境界。

诗的前二句包含四个片语：“人闲——桂花落，夜静——春山空”。“空”，是佛学对世界本质的概括，也是王维诗中的关键字。细味，“静”是“空”在自然环境上的表现，“闲”是“空”在人的心境中的表现。从写景的角度看，这四个片语通过人的心境的平静、夜的宁静、山的寂静，加之桂花（春桂或月桂）落地静无声这样一个细节，就充分地写出了月出以前春山毫无声息的静谧。它使人联想到“山中不隐响，一叶动亦闻”（孟郊）或“闲花落地听无声”（刘长卿）那样幽寂的境界，正是“一鸟不鸣山更幽”。

如果仅此而已，诗境便不免单调，缺乏意趣，尤其是不能见出“鸟鸣涧”的特色。所以诗人进而写道：“月出惊山鸟，时鸣春涧中。”由于月出，使鸟儿受到惊扰，不时发出一两声啼鸣，打破了夜的寂静，却又反衬出深夜空山的寂静。这就是“鸟鸣山更幽”。

幽暗的山谷，万籁无声，使人排除杂念，由静入定；突然，奇迹发生，皓月当空，光明洞彻，山谷时有鸟鸣，使人心生欢喜，由定生慧。因此可以说，此诗的诗境，也是禅悟过程的一种象征。

田园乐

(唐)◎王　维

桃红复含宿雨，柳绿更带朝烟。花落家童未扫，莺啼山客犹眠。

《田园乐》是由七首六言绝句构成的组诗，写作者退居辋川别墅与大自然亲近的乐趣，一题作“辋川六言”。这里选的是其中一首。诗中写到“莺啼”、“花落”、“宿雨”，容易令人想起孟浩然的五绝《春晓》。两首诗写的生活内容有那么多相类之处，而意境却很不相同。彼此相较，最易见出王维此诗的两个显著特点。

第一个特点是绘形绘色，诗中有画。这并不等于说孟诗就无画，只不过孟诗重在写意，虽然也提到花鸟风雨，但并不细致描绘，它的境是让读者从诗意间接悟到的。王维此诗可完全不同，它不但有大的构图，而且有具体鲜明的设色和细节描画，使读者先见画，后会意。写桃花、柳丝、莺啼，捕捉住春天富于特征的景物，这里，桃、柳、莺都是确指，比孟诗一般地提到花、鸟更具体，更容易唤起直观印象。通过“宿雨”、“朝烟”来写“夜来风雨”，也显然有同样艺术效果。在勾勒景物基础上，进而有着色，“红”、“绿”两个颜色字的运用，使景物鲜明怡目，读者眼前会展现一派柳暗花明的图画。“桃之夭夭，灼灼其华”，加上“杨柳依依”，景物宜人。着色之后还有进一层渲染：深红浅红的花瓣上略带隔夜的雨滴，色泽更柔和可爱，雨后空气新鲜，弥散着冉冉花香，使人心醉；碧绿的柳丝笼在一片若有若无的水烟中，更袅娜迷人。经过层层渲染、细致描绘，诗境自成一幅工笔重彩的图画。相比之下，孟诗则似不着色的写意画。一个妙在有色，一个妙在无色。

孟诗从“春眠不觉晓”写起，先见人，后入境。王诗正好相反，在入境后才见到人。因为有“宿雨”，所以有“花落”。花落就该打扫，然而“家童未扫”。未扫非不扫，乃是因为清晨人尚未起的缘故。这无人过问满地落花的情景，不是别有一番清幽的意趣么？“未扫”二字有意无意得之，毫不着力，浑然无迹。末了写到“莺啼”，莺啼却不惊梦，山客犹自酣睡，这正是一幅“春眠不觉晓”的入神图画。但与孟诗又有微妙的差异，孟诗从“春眠不觉晓”写起，其实人已醒了，所以有“处处闻啼鸟”的愉快和“花落知多少”的悬念，其意境可用“春意闹”的“闹”字概括。此诗最后才写到春眠，人睡得酣恬安稳，于身外之境一无所知。花落莺啼虽有动静有声响，只衬托得“山客”的居处与心境的宁静，所以其意境主在“静”字上。人们说他的诗有禅味，并没有错。然而，王维诗难能可贵在能通过动静相成，写出静中的生趣。唐诗有意境浑成的特点，但具体表现时仍有两类，一种偏于意，让人间接感到境，孟诗《春晓》即是；另一种偏于境，让人从境中悟到作者之意，此诗即是。而由境生情，诗中有画，是此诗最显著特点。

第二个特点是对仗工致，音韵铿锵。孟诗《春晓》是古体五言绝句，在格律和音律上都很自由。由于孟诗散行，意脉一贯，有行云流水之妙。本篇属六言绝句，格律精严。从骈偶上看，不但“桃红”与“柳绿”、“宿雨”与“朝烟”等实词对仗工稳，连虚字的对仗也很经心。如“复”与“更”相对，在句中都有递进诗意的作用；“未”与“犹”对，在句中都有转折诗意的作用。“含”与“带”两个动词在词义上都有主动色彩，使客观景物染上主观色彩，十分生动。且全诗对仗精工，看去一句一景，彼此却又呼应联络，浑成一体。“桃红”、“柳绿”，“宿雨”、“朝烟”，彼此相关，而“花落”句承“桃”而来，‘莺啼”句承“柳”而来，“家童未扫”与“山客犹眠”也都是呼应着的。这里表现出的是人工剪裁经营的艺术匠心，足见画家构图之完美。对仗之工加上音律之美，使诗句念来铿锵上口。中国古代诗歌以五、七言为主体，六言绝句并不发达，佳作尤少，王维的几首可以算是凤毛麟角。

常建(? —?),玄宗开元十五年(727)登进士第,仕途颇不得意,天宝间曾为县尉。《全唐诗》存诗1卷。

破山寺后禅院

(唐)◎常　建

清晨入古寺,初日照高林。曲径通幽处,禅房花木深。山光悦鸟性,潭影空人心。万籁此俱寂,唯闻钟磬音。

破山在今江苏常熟,山有兴福寺,南齐时建。

清晨入寺,旭日初升,光照山林的景象,引起人对佛寺的礼赞之情。沿着弯弯曲曲的小路走,只觉景物越走越幽深。举目四望,寺后的青山浴着日光,鸟儿们欢唱自娱着。在清潭中照见自己的影子,顿时忘怀世间的得失。诗人顿悟了空门禅悦的妙趣,觉得一下子万籁俱寂,只听得佛寺传出的钟磬之声。

由于诗人以禅悦的态度静观物理,故笔下兴象深微,为后世爱赏。

西　山

（唐）◎常　建

一身为轻舟，落日西山际。常随去帆影，远接长天势。物象归余清，林峦分夕丽。亭亭碧流暗，日入孤霞继。渚日远阴映，湖云尚明霁。林昏楚色来，岸远荆门闭。至夜转清迥，萧萧北风厉。沙边雁鹭泊，宿处蒹葭蔽。圆月逗前浦，孤琴又摇曳。泠然夜遂深，白鹭沾人袂。

据《唐才子传》，常建大历中为盱眙尉，颇不如意，后寓鄂渚（即鄂州，今武汉），招王昌龄、张偾同隐。此诗题作《西山》，是游西山夜泊之作。西山在今湖北省鄂城市以西数里处，山势陡峻，上有九曲岭，下瞰长江，风景优美。诗当作于寓居鄂渚之后，乃其晚年作品。

作者在诗中处理感情变化时，相当精微，这在反复咀嚼中，便可体味。起首四句，写落日时分，只身驾着一叶扁舟，来到西山脚下，他回头放眼望去，那烟波浩渺的江面上，帆影片片，水天相接处尤其显得十分广阔高远。这是来到西山时作者最初的感受，也是最为赏心悦目的画面。“一身为轻舟”，即“言独身泛舟，身犹舟也”（沈德潜评）。轻快的小舟与轻松的心情融为一体，似乎消失了人与舟的界限。这一段看来是在单纯叙事、写景，从中却透露出作者泛舟长江之后，小船刚刚泊定时，那种轻松、舒畅而又欣喜的心情。作者写得从容不迫，一片激情包蕴其中，几乎不露痕迹。

如果说前四句在情绪上是开朗、兴奋而上扬的，那么，接下来八句，当作者进一步细心审视西山景致时，由于暮色渐浓，情绪也随之由欣喜逐渐趋于低抑，这是情感上的一次变化。当他游目骋怀时，那已近黄昏的夕阳真是无限美好，余晖映照着山林、峰峦和各种物象，一切显得这般清丽。你看，那江中显得有点发暗的亭亭（即“渟渟”，水不流通貌）碧流，日落后天上出现的云霞，以及远处小岛的阴影，倒映在湖水中的明亮的云彩，这一切，天上水中，远方近处，景象是多么清新而美丽。我们似乎感觉到作者在伫立观望时，那置身于清丽美景中的宁静而满足的心理，也许脸上还漾起了欣慰的笑意。然而，暮色毕竟来临了，这一天最后的景致虽然无限美好，但终是这般短暂，转瞬即逝。此时，整个楚地的山林昏暗起来，而长江对岸的荆门也因夜幕降临而关闭。于是，作者在暂得欣然之后，收视返听，掩起了自己的心扉，似乎在作深沉的回味和思考。这里，“林昏楚色来，岸远荆门闭”的幽暗色彩，与第一段的“常随去帆影，远接长天势”的阔大气势，形成了对比，作者的情绪由开始的上扬，自然而然地转入了低抑。

从第二段到第三段（亦即最后八句）的过渡，中间有一个较长时间的间歇。也许，作者在领略傍晚美景之后，正在举觞饮酒，等待夜中美景的到来。此时，凌厉的北风从江面吹起，作者矍然惊视，啊，这夜晚的景色又变得这般清远，情绪也由刚才的低抑而忽然振起。这清冷幽远的夜景，使作者流连不已。他看到，岸边沙上宿着大雁和白鹭，自己的小船停泊在芦苇之中，而透过芦苇，一轮明亮的圆月遥挂在前头水滨。此时，他按捺不住激动的心情，高兴地取出琴来弹奏着，琴声颤动而悠长，与水声、风声相和鸣，他要借这月夜清景，来尽情抒发自己的胸怀。然而弹着弹着，夜渐深渐冷，江面的白露也沾湿了自己的衣袖，景象更加清冷，心情再度转入低抑。全诗到这里自然结束，在明月的映照下，我们似乎还听见那悠扬的琴声和澎湃的水声交织在一起，留下无尽的情思，令人回味无穷。

整首诗就像一曲无声的音乐，情感节奏在起伏变化中，显得很有规律。先是昂扬向上，接着逐渐转入低抑，然后又稍稍振起，形成高潮，最后又入低抑。这样安排，就显得轻重疾徐，变化有致，避免了平铺直叙。读者也在情感的波动中，十分欣喜地走完了一段美的历程。

题农父庐舍

（唐）◎丘　为

东风何时至，已绿湖上山。湖上春已早，田家日不闲。沟塍流水处，耒耜平芜间。薄暮饭牛罢，归来还闭关。

丘为（？—？），苏州嘉兴（今属浙江）人。天宝初进士，曾官太子右庶子。与王维、刘长卿友善。贞元间卒，年九十六。《全唐诗》存诗13首。

这是一首古体诗，写田园春早和田家的春耕作息，平淡而有至味。诗中人有两，一为叙事者，即“题农父庐舍”的诗人，他以自己的审美陶乐，引领读者去品味田园风光和农家生活；一为田家，他们极为平淡地生活着，日出而作，日落而息，苦与乐皆不在意。唯其如此，才让人倍觉朴素、自在，翛然自远。

“东风”二句，起势便好，语淡而意新。说春风什么时候到的呀？在不知不觉中，湖上的山都已经绿了！惊讶、喜悦之情自蕴其间，这是叙事者的询问。冬春之交，风向的变化意味着季节的转变，东风便是春风。《礼记》：“孟春之月，东风解冻。”通常情形，人们应是先明显地感觉春风到来，似乎是它的浩荡之力，使草木生长、变绿。丘为的好友王维《赠裴十迪》有言：“春风动百草，兰蕙生我篱。……欣欣春还皋，澹澹水生陂。”丘为诗突出春早，写湖上之山在人尚无明显感觉春风到来的情况下，已悄然作绿。“绿”字作动词用，极其传神。丘为同时代的李白，也有此用法：“东风已绿瀛洲草。”（《侍从宜春苑奉诏赋龙池柳色初青听新莺百转歌》）但丘为之诗用“绿”字，省却“绿”的草木本体，更为精炼含蓄，且使“绿”字充分展衍出诗性情味来。《唐诗归》钟惺云：“不说出草树，甚有味。此‘绿’字虚用有情。”说得极好。王安石“春风又绿江南岸”，便明显得丘为神韵；元人邓文原“春风绿遍川原草”（《江参百牛图》），明人王恭“春风已绿吴门树”（《吴云归兴送别王明府子侄还姑苏》），则着实草木本体，未免“绿”意偏狭。

诗人或是久未出门，骤至田园，故觉春早而新奇；或是果真今年开春特早，然农家平常居处，自是早知，按其感知物候变化之经验，顺时安排着他们的生产、生活，从容、平常、井然有序。“湖上春已早，田家日不闲”，便把读者带入如《诗经·七月》“四之日举趾”、王维《新晴野望》“农月无闲人，倾家事南亩”等的诗意中。“沟塍”二句用流水对，描写春水淙淙的沟渠田埂处，平旷的田野间，到处或隐或现着挥动耒耜的农人们。景象如在目前。结尾“薄暮”二句，提炼出“饭牛”、“闭关”两个经典意象，在农夫一方，饲牛、闭门事再平凡不过；在诗人一方，真得隐君子躬耕自适、屏绝尘扰的无穷意趣，味至澄敻。

此诗意象不繁，简古疏旷，作者工夫自至深处，而写来“妙不费力，是练神法”（《唐贤清雅集》）。田园诗当以此等为上。清人王渔洋编此诗入《唐贤三昧集》，正得其宜。

蜀道难

（唐）◎李　白

噫吁嚱，危乎高哉！蜀道之难难于上青天。蚕丛及鱼凫，开国何茫然！尔来四万八千岁，不与秦塞通人烟。西当太白有鸟道，可以横绝峨眉颠。地崩山摧壮士死，然后天梯石栈相钩连。上有六龙回日之高标，下有冲波逆折之回川。黄鹤之飞尚不得过，猿猱欲度愁攀援。

青泥何盘盘，百步九折萦岩峦。扪参历井仰胁息，以手抚膺坐长叹。问君西游何时还？畏途巉岩不可攀。但见悲鸟号古木，雄飞雌从绕林间。又闻子规啼夜月，愁空山！蜀道之难难于上青天，使人听此凋朱颜。连峰去天不盈尺，枯松倒挂倚绝壁。飞湍瀑流争喧豗，砯崖转石万壑雷。其险也如此，嗟尔远道之人胡为乎来哉！

剑阁峥嵘而崔嵬，一夫当关，万夫莫开。所守或非亲，化为狼与豺。朝避猛虎，夕避长蛇，磨牙吮血，杀人如麻。锦城虽云乐，不如早还家。蜀道之难难于上青天，侧身西望长咨嗟！

李白（701—762），字太白，号青莲居士，祖籍陇西成纪（今甘肃秦安），生长于蜀。玄宗开元十二年（724）出蜀漫游，先后隐居安陆（今属湖北）与徂徕山（在今山东）。天宝元年（742）奉诏入京，供奉翰林，后赐金还山。安史乱中因从永王璘获罪，系身囹圄，一度流放。有《李翰林集》。

本篇是李白成名作，"李太白初自蜀至京师，舍于逆旅。贺监知章闻其名，首访之，既奇其姿，复请所为文。出《蜀道难》以示之，读未竟，称叹者数四，号为谪仙"（孟棨《本事诗》）。诗用乐府旧题，大胆想象，集中歌咏横穿秦岭、由秦入蜀的川北蜀道。全诗脉络，大体遵循从古到今、由秦入蜀、从自然地理环境到社会政治历史的顺序，使主题逐渐深化。诗分三段。

一段从篇首到"猿猱欲渡愁攀援"，写长安西面秦蜀（即川陕）交通之不易，着重从神话传说的角度写蜀道之难。一起就是李白式的风雨骤至，三个惊叹语（"噫吁嚱"、"危乎"、"高哉"）的联属，一个极度夸张而又通俗的比方（"蜀道之难难于上青天"），传达出蜀道给人总体上的石破天惊之感。紧接以秦蜀两地文明开化时代悬殊，极力夸张秦蜀交通之不易。"蚕丛"、"鱼凫"这两个图腾时代古蜀王的名称，"四万八千岁"这个年代数目的夸张，形象地告诉人们这一段蒙昧史前期之漫长，秦蜀两地交通隔绝年代之漫长，也就是间接形容"蜀道难"。太白山是秦岭主峰，民谣曰"武功太白，去天三百"，"有鸟道"是原无人路的一转语。五丁力士开山的传说为蜀道蒙上一层光怪陆离的色彩。交通有了，然而仍是"天梯石栈相钩连"而已，上有高标、下临深渊，鹤见愁、猿见愁、神（"六龙"）见愁、鬼见愁，就不用说

人见该是怎样地战战兢兢了。这一段的写法是层层渲染气氛，在未具体描写自然光景之前，先声夺人，使人先从气氛上感受到蜀道之难和蜀道之奇。

二段从“青泥何盘盘”到“嗟尔远道之人胡为乎来哉”，写青泥岭以南由秦入蜀道路的艰险，着重从自然地理环境的角度写蜀道之难。青泥岭在略阳县西北，“悬崖万仞，山多云雨，行者屡逢泥淖”（《元和郡县志》），一重艰险；山道盘曲，百步九折，又一重艰险；海拔太高，空气稀薄，产生高山反应，第三重艰险。由于加入登山探险的生活实感，写来尤觉入木三分。写到“扪参历井”（参、井二宿为秦蜀之分野）、“以手抚膺”，已凸现出西行人的形象。从而明作呼告：“问君西游何时还？”这样的畏途还能再走吗？紧接开出一片更悲凉、更幽深的山林境界，其中雄飞雌从回不了窝的鸟儿，就像流离失所、形影相吊的人间夫妻。而相传是古蜀王（杜宇）亡魂所化的鸟儿，带血号泣的声音据说是“不如归去”，响应上述呼告。于是诗中再次出现主题句“蜀道之难难于上青天”，不再是石破天惊，而是平添了绵绵不绝的愁情。一阵悲凉之雾过去，眼前别有天地，境界愈出愈奇。这里出现了蜀道最奇险最壮观的自然景物，诗中再一次将高峰与深谷上下相形，而且再一次发出呼告：

"嗟尔远道之人胡为乎来哉！"一句中嵌入若干语气助词，真乃嗟叹之不足，故永歌之，与篇首呼应。在"其险也若此"的惊心动魄的叹息中，分明有快乐的战栗和审美的愉悦。这一段且写景且抒情，虽有想象夸张，手舞足蹈，毕竟较富实感。

三段从"剑阁峥嵘而崔嵬"到篇末，写蜀门剑阁形势之险要，着重从社会政治的角度写蜀道之难。却说蜀中名山，"剑门天下险，夔门天下雄，峨眉天下秀，青城天下幽"。剑阁为川北门户，其山削壁中断，如门之辟，如剑之植，故以剑门名山。西晋张载《剑阁铭》形容这里的天险道："一夫荷戟，万夫趑趄；形胜之地，非亲弗居。"李白化用此铭文，便给蜀道难这一主题，注入了社会政治历史的内容。以李白之抱负，诗虽作于早年，其间未必没有忧先天下的意味。深山老林本多毒蛇、猛虎、豺狼，但诗中的毒蛇猛兽显然还有一层喻义，就是现实政治中可能产生的个人野心家。古有"天下未乱蜀先乱，天下已治蜀后治"之说，便与地理特点密切相关。诗的结尾再一次出现主题句与呼告语。"锦城虽云乐"二句，意即"梁园虽好，不是久恋之家"，当是为送别而发。李白身虽生蜀，却自称陇西布衣，一生以四海为家。因为在他看来，欲治平天下，是必须走出盆地的。诗中最后一次咏叹"蜀道之难难于上青天"的意味又有不同，比较沉重，不仅仅是为山川之险而发了。

本篇既歌咏壮丽河山，又关注现实，充满积极入世的浪漫主义精神。诗中从蒙昧历史、神话传说、山川险阻、政治忧患等多角度、全方位描写、夸张、渲染蜀道之难，却并不使人感到感伤、忧郁和畏惧，倒被诗人描画的蜀道山川深深吸引，从中感觉到诗人主观世界的宽广胸怀、好奇性格、傲岸精神。全诗给人以健康向上的影响和极大的审美愉悦。高尔基在《海燕》中一面夸张暴风雨之险恶，一面歌咏海燕说"在这鸟儿勇敢的叫喊声里，乌云听到了快乐！在这叫喊声里，充满对暴风雨的渴望！在这叫喊声里，乌云听到了愤怒的力量、热情的火焰和胜利的信心！"虽然和本篇情况不完全一样，但积极浪漫的精神却是超越时空、一脉相通的。

据《唐朝名画录》载，天宝中唐玄宗曾命大画家于大同殿作蜀道山川壁画，赞曰："李思训数月之功，吴道子一日之迹，皆极其妙也。"与李白此诗可称三绝，然二画荡然无存，唯本篇依倚语言艺术的优势得以传世不朽，不亦幸乎！

渡荆门送别

(唐)◎李　白

渡远荆门外，来从楚国游。山随平野尽，江入大荒流。月下飞天镜，云生结海楼。仍怜故乡水，万里送行舟。

本篇是李白仗剑去国、辞亲远游，出峡时的作品，清人沈德潜认为“题中(“送别”)二字可删”。

荆门山在今湖北宜都县西北的长江南岸，与北岸的虎牙山对峙，形同荆州门户，在到达荆门之前，李白应该在四川境内水流湍急的三峡中颠簸了好些天。峡的两岸有如削成，摩天的群山环绕四方，后面不见来程，前面不知去向，就像幽闭在一个峭壁环绕的水乡，纵然没有猿声，也觉凄凉。船到荆门，景观便豁然开朗，前面是一望无际的荆楚平野，出峡后的江面顿时开阔，汹涌的激流变成一片浩浩荡荡的大水，真是两岸渚崖之间不辨牛马。甭说诗人，就是一般旅客到此也会胸怀一敞而逸兴遄飞。首二句虽平叙事实，却怎么也按捺遮掩不住内心隐隐的激动，其语气是十分兴奋爽朗的。

荆门以外便是春秋战国时楚国故地，在三国时又曾是蜀主刘备起家的地方。诗人提到“楚国”这个历史地理的概念，自然能引起有关历史文化的一些联想。“屈平辞赋悬日月，楚王台榭空山丘”(《江上吟》)，这里是李白景仰的大诗人屈原和灿烂荆楚文化的故乡。荆州首府江陵及当地故楚章华台、郢城遗址，都是诗人此行应游之地。后来他在《庐山谣》中还自称“我本楚狂人”，可见其初来游楚时应有一种何等陶醉的心情。

“山随平野”十字写尽了荆门的地理形势和壮阔景观。这里的写景,角度是移动着的,而不是定点观察。这从“随……尽入……流”四字体现出来。因此这两句诗不仅由于写进“平野”、“大荒”意象而气势开阔,而且还由于动态的描写,变得十分生动。大江固然流动,而山脉本来凝固,“随……尽”的动态感觉,完全是得自舟行的实际。这两句的壮阔写景,也须放置到诗人多日峡行后一旦豁然开朗的特定情景下玩味,才能对其中涵蓄的说不尽的愉快新鲜感有所领会。

三峡之中,两岸连山,略无阙处,崇崖迭嶂,遮天蔽日,“非亭午夜分,不见曦月”(郦道元《水经注》),当然更看不到地平线和水天相接处云霞幻化的奇观。所以紧接是惊喜不置的发现:“月下飞天镜,云生结海楼。”李白醉心明月:“小时不识月,呼作白玉盘。又疑瑶台镜,飞在青云端。”(《古朗月行》)此行在巴山蜀水的旅程中,他常常为夜晚不能见月而遗憾。“夜发清溪向三峡,思君不见下渝州”(《峨眉山月歌》),一到荆门就容易和明月见面,真有重见故人似的高兴。而“江入大荒流”后,水势平缓,月的倒影也能清楚地看到了,所谓“上下天光”(范仲淹),尤为可爱。而水天之际的云霞变幻,又使诗人如睹海市蜃楼的奇观。

四句着眼于初到荆门的观感,充满诗人对生活新天地的礼赞和陶醉。对照杜甫《旅夜抒怀》中写同样景观的两句“星垂平野阔,月涌大江流”,同是上对天宇下临江面的景色,杜诗镕铸在两句,而李诗扩散于四句,风格上便有凝重和爽朗的不同。

离开故乡热土,对于李白来说意味着鹏程初展,自然是喜悦之情占了上风的,但这并不意味着诗人和故乡割断了感情联系。蜀中是他的父母之邦,哺育他长成的地方。当他羽翼丰满后,她又无私地将这个值得骄傲的儿子奉献给整个大唐。而李白以赤子之心,永怀着对故乡母亲的热爱。他感到即使身已出蜀,故乡的爱仍和这江水一样与他同在,伴送他走到更远的地方。“仍怜故乡水,万里送行舟”十字,是充满了由衷感激之情的。“仍怜”云云,语气极轻柔婉转,而分量厚重。

梦游天姥吟留别

（唐）◎李　白

海客谈瀛洲，烟涛微茫信难求。越人语天姥，云霓明灭或可睹。天姥连天向天横，势拔五岳掩赤城。天台四万八千丈，对此欲倒东南倾。

我欲因之梦吴越，一夜飞渡镜湖月。湖月照我影，送我至剡溪。谢公宿处今尚在，渌水荡漾清猿啼。脚著谢公屐，身登青云梯。半壁见海日，空中闻天鸡。千岩万转路不定，迷花倚石忽已暝。熊咆龙吟殷岩泉，栗深林兮惊层颠。云青青兮欲雨，水澹澹兮生烟。列缺霹雳，丘峦崩摧。洞天石扉，訇然中开。青冥浩荡不见底，日月照耀金银台。霓为衣兮风为马，云之君兮纷纷而来下。虎鼓瑟兮鸾回车，仙之人兮列如麻。

忽魂悸以魄动，恍惊起而长嗟。唯觉时之枕席，失向来之烟霞。世间行乐亦如此，古来万事东流水。别君去兮何时还？且放白鹿青崖间，须行即骑访名山。安能摧眉折腰事权贵，使我不得开心颜！

李白于天宝三载（744）由待诏翰林赐金放还，离京后曾与杜甫、高适同游梁宋、齐鲁，然后在东鲁家中居住过一个时期。东鲁的家已安定，尽可以怡情养性，但他的心却不在这儿，约在天宝五载（746）又一度踏上漫游之路。此诗题一作《别东鲁诸公》，可知是赠别之作。由于寄情山水，通常也被认为是山水诗。然而毕竟是梦游，所以也有足够的理由被认为是游仙之作。此诗一向被列举为李白代表作之一。

天姥山，在会稽（今绍兴）南面，今浙江新昌、嵊县以东，临近剡溪，与赤城山、天台山相对，号称灵秀奇绝，传说登山的人曾听到仙人天姥的歌唱，因此得名。但任何地图上都只标天台山而不见天姥山，可见两山实际的大小。浙东山水，李白在辞亲远游的青年时代就已经

游过，天台山早已去过，天姥山却只是听说，故成为这次南下主要的目标。没有到过的山，当然是最好的山。诗一开始就以虚衬实，说瀛洲不可到，天姥总还可以到吧。这样说，好像仙境第一，天姥山第二。然后就说它势压赤城、天台乃至五岳，这怎么可能呢，但经诗人夸张，不可能也可能了。这叫尊题——为了突出所咏的对象，而作的夸张与衬托的艺术处理。

由于神往，就有尚未成行时的梦游。这番梦游不仅由越人侃大山而触发，而且有着昔游的基础，所以“梦吴越”也有旧地重游的意味，此重游乃神游，月夜飞渡，写梦入妙。由杭州到越州、到剡溪、到天台，这是一条唐诗之路，而晋宋之际的谢灵运则是一个先行者，他不但是个写诗的行家，也是个登山的行家，曾特制登山木屐，“上山则去其前齿，下山则去其后齿”。

“湖月照我影”到“迷花倚石忽已瞑”等十句，从早写到晚，写诗人从剡溪到天姥山，行走山阴道上，但觉秀色扑面，层峦叠翠，回环奇绝，气派纵不如《蜀道难》雄伟，却别具清新的风格。以下写黄昏降临，山中幽怖的情景：熊在吼叫，龙在长吟，使人毛骨悚然。然后写到云头低垂，水面蒸烟，眼看滂沱大雨即将来临，诗人不禁有些失措。猛然间闪电过处，雷霆万钧，山峦崩塌，才打破适才的阴森恐怖，迎来了光明洞彻的神仙世界。从“熊咆龙吟殷岩泉”到“仙之人兮列如麻”十四句，则完全是光怪陆

离、大类楚辞的幻设的笔墨了。

关于这一段描写，一方面流露出李白对神仙世界的向往，另一方面也可以辨认出翰林三年现实生活的某些痕迹。陈沆《诗比兴笺》说，此诗即屈子《远游》之旨，亦即《梁甫吟》"我欲攀龙见明主，雷公砰訇震天鼓，帝旁投壶多玉女。三时大笑开电光，倏烁晦冥起风雨。阊阖九门不可通，以额叩关阍者怒"之旨也。太白被放以后，回首蓬莱宫殿，有若梦游，故托天姥以寄意。题曰留别，盖寄去国离都之思，非徒酬赠握手之什。此言甚是。盖太白之入侍翰林，无异好梦一场，梦醒之后，但觉其虚幻而无可留恋。尤其是联系天宝五、六载之李林甫对大臣实行的一场政治迫害，令人不免心有余悸，故以熊咆龙吟以象之，而以"世间行乐亦如此，古来万事东流水"二语收束。结尾更言寄情山水，为的是不同宫廷权贵同流合污。

最后几句点出留别之意，说：要问这一次离别诸君何时再见，我是打算远离尘嚣到名山求仙学道，怕是难以再会了。盖诗人有强烈的政治抱负，却不愿在权贵面前摧眉折腰，于是只好借山水、神仙以挥斥幽愤了。这几句是李白的名言，有人认为全诗从结构上说是倒装的写法，如果参读李白去朝后所作的《梁甫吟》、《答王十二寒夜独酌有怀》等政治抒情诗，更会觉得这结尾的几句有雷霆万钧之力，充分显示了诗人对上层社会的深刻不满，不愿同流合污的傲岸性格，以及他对自由生活的热爱。

诗以七言为主，句法长短错综，适当采用了屈赋的句式，于波澜起伏中，表现出一种不同凡响的逸兴壮思。

独坐敬亭山

（唐）◎ 李　白

众鸟高飞尽，孤云独去闲。相看两不厌，只有敬亭山。

诗作于天宝十二载（753）游历宣城之际。山以亭名，为南齐诗人谢朓吟咏处。本篇着重表现诗人目空世俗的傲岸精神，表现为对孤独感的玩味和自我欣赏。

前二句是独坐敬亭山望中之景。陶渊明《归去来兮辞》“云无心以出岫，鸟倦飞而知还”，大致给岭云、归鸟这两个诗歌意象定了性，它们都成了皈依自然的象征，大致含有“君平既弃世，世亦弃君平”的意味。诗人鄙弃世俗，世俗也排斥诗人。“众”、“孤”字面，形成一种对照，暗有以众形独之意。

后二句之妙在不更从独处落笔，而从不独处写独。“相看两不厌，只有敬亭山”，也就是辛弃疾用词所诠释的“我见青山多妩媚，料青山见我应如是”（《贺新郎》），这与“举杯邀明月，对影成三人”同法，以“相看两不厌”力破孤独，同时也突出孤独，表现出一种精神的好强。

诗人将敬亭山人格化，实是将自己情感外化，人和山两者同出而异名，互相欣赏其实是自我欣赏，所以“只有”云云，最终又强调了诗人的孤独感。归根结蒂，诗人顾影自怜，为自己的孤独大唱赞歌。

对比一：“独坐幽篁里”与“独坐敬亭山”，“明月来相照”与“相看两不厌，只有敬亭山”，语、象接近，本质不同。《竹里馆》重在表现人与自然的融合，泯忘物我，通于禅味。《独坐敬亭山》重表现主观情感，突出张扬自我，有抗争的精神。这是两个诗人的自画像，王维是王维，李白是李白，不会混淆。

对比二：“不畏浮云遮望眼，只缘身在最高层”（王安石《飞来峰》）与此诗，语、象接近，但王安石诗表现的是不为物议干扰的、乐观的战斗精神，李白诗表现的是受到排斥的愤世嫉俗的抗争精神。一为在朝语，一为在野语，语感不同，实质也不同。

峨眉山月歌

（唐）◎李　白

峨眉山月半轮秋，影入平羌江水流。夜发清溪向三峡，思君不见下渝州。

这是李白去蜀之作，那时他还年轻。诗从“峨眉山月”写起，点出了远游的时令是在秋天。“秋”字因入韵关系倒置句末。秋高气爽，月色特明（“秋月扬明辉”）。所以“秋”字又形容月色之美，信手拈来，自然入妙。月只“半轮”，是下弦月，也可以使人联想到青山吐月的优美意境。在峨眉山的东北有平羌江，即今青衣江，源出于四川芦山，流至乐山入岷江。次句“影”指月影，“入”和“流”两个动词构成连动式谓语，意言月影映入江水，又随江水流去。生活经验告诉我们，定位观水中月影，任凭江水怎样流，月影却是不动的。“月亮走，我也走”，只有观者顺流而下，才会看到“影入江水流”的妙景。所以此句不仅写出了月映清江的美景，同时暗点秋夜行船之事，意境可谓空灵入妙。

次句境中有人，第三句中人已露面：他正连夜从清溪驿出发进入岷江，向三峡驶去。“仗剑去国，辞亲远游”的青年，乍离乡土，对故土故人不免恋恋不舍。江行见月，如见故人。然明月毕竟不是故人，于是只能“仰头看明月，寄情千里光”了。末句“思君不见下渝州”写依依惜别的无限情思，可谓语短情长。

峨眉山——平羌江——清溪——渝州——三峡，诗境就这样渐次为读者展开了一幅千里蜀江行旅图。除“峨眉山月”而外，诗中几乎没有更具体的景物描写，除“思君”二字，也没有更多的抒情。然而“峨眉山月”这一集中的艺术形象贯

穿整个诗境，成为诗情的触媒。由它引发的意蕴相当丰富：山月与人万里相随，夜夜可见，使“思君不见”的感慨愈加深沉。明月可亲而不可近，可望而不可接，更是思友之情的象征。凡咏月处，皆抒发江行思友之情，令人陶醉。

本来，短小的绝句在表现时空变化上颇受限制，因此一般写法是不同时超越时空。而此诗所表现的时间与空间跨度，真到了驰骋自由的境地。二十八字中地名凡五见，共十二字，这在万首唐人绝句中是仅见的。它“四句入地名者五，古今目为绝唱，殊不厌重”（王麟洲语），其原因在于：诗境中无处不渗透着诗人江行体验和思友之情，无处不贯穿着山月这一具有象征意义的艺术形象，这就把广阔的空间和悠长的时间统一起来。其次，地名的处理也富于变化。“峨眉山月”、“平羌江水”是地名附加于景物，是虚用；“发清溪”、“向三峡”、“下渝州”则是实用，而在句中位置亦有不同。读起来便觉不着痕迹，妙入化工。

望庐山瀑布

（唐）◎李　白

日照香炉生紫烟，遥望瀑布挂前川。飞流直下三千尺，疑是银河落九天。

全诗重在传“望”字之神。

庐山瀑布以东南香炉峰之瀑布水量与落差最大，景亦最奇，据法远《庐山记》说此峰常有“游气笼罩其上，则氤氲若烟水”。诗首句赋中含比，盖香炉峰即以形似香炉而得名。古时有博山炉，象海山博山，上布小孔，承以汤盘，下柱中空，香即插焉，香烟由小孔弥漫而出，即“香炉生紫烟”，便有飘然仙境之感。次句以布比瀑，重在以一“挂”字，化动为静，传“遥看”之神。

末二句是想象近看瀑布的情景，空中落笔，直撮瀑布之神，兼传“望”字之理，惊心动魄，洵为名句。“银河”人皆知之，而倒倾银河的想象，唯谪仙能之。故苏东坡推本篇为古今咏庐山瀑布的最佳诗篇：“帝遣银河一派垂，古来唯有谪仙词。”（见葛立方《韵语阳秋》）

望天门山

（唐）◎李　白

天门中断楚江开，碧水东流至此回。两岸青山相对出，孤帆一片日边来。

本篇重在力度的审美，作于开元十三年（725）李白出蜀远游之际。天门山在安徽当涂境内，系东、西梁山之合称，两山夹江对峙，岩石突入江中，势如天门故名。

首句说"天门中断"，也就意味着两山本为一体，只因阻碍了汹涌的江流，才被冲开而成两山。也就是诗人《西岳云台歌》送丹丘子所谓"巨灵咆哮擘两山（华山与首阳山），洪波喷流射东流"。此句强调的是江水的冲决力。

次句则反过来，写天门山对江水的约束力。由于两山束江，江水东流至此突遇阻遏，于是形成巨大的回漩和波涛汹涌的奇观。类乎《西岳云台歌》所写"西岳峥嵘何壮哉，黄河如丝天上来。黄河万里触山动，盘涡毂转秦地雷"的情景。一本作"直北回"，则是对长江过天门山的流向的精细说明，气势感稍逊色。三句写舟中望山。山，因为人的立足点在船上，所以有两岸青山迎面而来的感觉，也就是敦煌曲子词所说的"满眼风光多闪烁，看山恰似走来迎。仔细看山山不动，是船行"，可谓兴会淋漓。

末句则写诗人之舟乘风破浪通过天门山的令人兴奋的情景，因为是乘舟东向，朝着大海的方向，所以说是"（朝）日边来"。这时，读者仿佛看到水天相接处，一轮红日涌出江心，在此壮丽的背景之上，衬托出一片风帆的剪影，景色是那样清新，色彩是那样鲜艳，实在有些妙不可言。

全诗以舟行移动视角，以兴会展开想象，有气势，有力度，"极自然，洵属神品，足以擅场一代"（《唐宋诗醇》）。

早发白帝城

（唐）◎李　白

朝辞白帝彩云间，千里江陵一日还。两岸猿声啼不住，轻舟已过万重山。

本篇重在速度的审美。作于乾元二年（759）三月李白流放夜郎半途遇赦从白帝城返回江陵时。诗以轻舟瞬息千里的速度衬托遇赦东归的轻快心情。

从白帝下江陵，有一段很现成的文字可供李白参考，那就是《水经注·江水》：“至于夏水襄陵，沿溯阻绝。或王命急宣，有时朝发白帝，暮到江陵，其间千二百里，虽乘奔御风不以疾也。”在某种意义上说，李白这时也是适逢“王命急宣”，掉船即回，归心似箭。首句就通过初发时的瞬间感受，以“彩云间”三字，将出发点提得很高，造成下水行船快速加快速的悬念。次句用“一日”、“千里”的强烈时空对比来表现速度感，写情妙在一个“还”字，暗传遇赦而还的轻松愉快之感。

三句通过听觉的延续写一种错觉即速度感的消失，盖三峡七百里中、两岸连山，山山有猿，虽然一处有一处的山，一处有一处的猿，一山有一山的猿声，在舟中听去，猿声连成一片，会产生坐飞机那样的速度感消失的错觉。这一句是在进一步强调速度感之前必要的顿挫，无此句则直而无味，有此句则走处仍留，急语仍缓。

经过三句蓄势，四句进而通过视觉的位移，写出瞬息已变的腾飞感。在舟中浑不觉得，出船一看：哇，原来江陵都快到了，船走得好快呀。全诗就妙在表现出诗人坐船的“快”感，其中也隐含了遇赦的轻快心情。

同王十三维偶然作

（唐）◎ 储光羲

仲夏日中时，草木看欲焦。田家惜工力，把锄来东皋。顾望浮云阴，往往误伤苗。归来悲困极，兄嫂共相诧。无钱可沽酒，何以解劬劳。夜深星汉明，庭宇虚寥寥。高柳三五株，可以独逍遥。

储光羲（707？—762？），郡望兖州（今属山东），润州延陵（今江苏丹阳）人。开元进士，官监察御史。因安史乱陷贼中受职被贬，死于岭南。有《储光羲诗集》。

储光羲与王维是好友，二人均喜山水田园，他们曾经一度同隐于终南山中。王尝作《偶然作》五首，储和以《同王十三维偶然作》十首，其中各有田园之作。此为储作第一首，是一首田园诗。

该诗用了大部分的篇幅铺写田家的旱情之忧和劳作之苦，得田家之实情，故而极为真切。《唐诗归》钟惺评“惜工力”三字说：“非老农不知。”又如“顾望浮云阴，往往误伤苗”，写盼雨之情，何其形象，何其急切。元陈镒《题汤景山畊乐亭》“我耨日以毕，我苗日以稠。顾望浮云阴，巾车且经丘”，竟直接搬用其句。“兄嫂共相诧”的情形，亦田家所常有，写来逼真，如置人目前。检王维集中所有田园诗，则言苦者极少见，没有自然灾害，没有饥荒忧困，多是“桃花源里人家”的意境，故王诗之田园，是理想化的。储诗正视现实生活，烟火气息浓厚，农人靠天吃饭，忧劳是正常事。苦虽苦，却不是人为因素造成。故而在末尾转为逍遥，瓣香五柳，将苦困撇却，放怀开去，得陶渊明田园隐逸之趣。从全诗立意上看，无疑是说，田园纵有此忧劳，可也自由闲散，远胜“尘网”中呢。结尾与前大半篇和谐统一，并无扞格。王维原作有“得意苟为乐，野田安足鄙”之言，储诗既是和作，于此意自有进一步之发挥，故储诗有别于王诗。后人对储光羲田园诗评价极高，如《诗薮》评储光羲诗之“农家者流，往往出王、孟上”。《载酒园诗话又编》也说：“摩诘才高于储，拟陶则储较王近。”《唐诗别裁》云：“太祝（按储曾官太祝）诗学陶而得其真朴，与王右丞分道扬镳。”论者大都从真切朴实之趣来给予肯定。

望岳

（唐）◎杜　甫

岱宗夫如何？齐鲁青未了。造化钟神秀，阴阳割昏晓。荡胸生层云，决眦入归鸟。会当凌绝顶，一览众山小。

杜甫（712—770），字子美，河南巩县（今属河南）人。玄宗开元二十三年（735）举进士不第。天宝间困守长安十年，十四载（755）授河西尉不赴，改右卫率府兵曹参军。安史乱发，长安陷落，身陷贼中。至德二载（757）自贼中奔赴凤翔行在，授左拾遗。乾元元年（758）贬华州司功参军，次年弃官赴秦州，经同谷，到成都，于西郊建草堂。广德二年（764）剑南节度使严武荐为检校工部员外郎。永泰元年（765）离成都，至夔州（四川奉节）。大历三年（768）出峡，辗转江湘，死于舟中。有《杜工部集》。

杜诗以望岳为题者共三首，分咏东岳泰山、西岳华山、南岳衡山。此望泰山，作于开元二十四年25岁“忤下考功第”后漫游齐赵之时，为现存杜诗中最早的一首。

泰山古称岱山，坐落在齐鲁平原，在今山东泰安境内，海拔1500余米，山势雄伟，壑谷幽深，松柏苍翠，植被青葱，是一座历史文化名山。自秦皇汉武，历代帝王登极后多来此封禅，表示改制应天、以告太平。秦皇泰山遇雨所封五大夫松，至今犹存。泰山又称“岱宗”，山下的神庙建制如皇宫。历史文化名人孔子、司马迁、司马相如、陆机等都到过泰山，至今山道有“孔子登临处”的标记。由于上述原因，东岳泰山向称“五岳独尊”。无怪青年杜甫到此即有高山仰止之情。

诗以一问喝起“岱宗夫如何”，不称“泰山”而称“岱宗”，就是强调其在五岳中的尊崇地位，“夫如何”的“夫”字以语助传达出一种自我商度的神情，也就使人感到泰山给人的印象是难以形容的。不是吗？“齐鲁青未了”，齐、鲁是周代的两个诸侯国，而泰山山青、绵延不断，超越了两国国境，这还不伟大吗？“五字囊括数千里，可谓雄阔”（施补华），“写岳势只‘青未了’三字，胜人千百矣”（浦起龙），这是大笔驰骛，得远望之色。

次联写泰山的高峻，所谓一山之中气象万千。关于“阴阳割昏晓”一句，通常讲作山阴即北面和山阳即南面昏晓不同，即光线的明暗不同，这是抠字眼的讲法。有人则根据实地观察的经验，谓“泰山坐北向南，山脚下可见东西两面山峦对峙，至斜阳西下，则东面山峦的西侧不见阳光，暗若黄昏；西面山峦的东侧光照正强，灿若初旭。此即公诗‘阴阳割昏晓’之谓也。此景唯黄昏时分始得见之，而诗中‘决眦入归鸟’句，足证杜公望岳，正黄昏之时”（《唐宋诗新话》），这是以意逆的讲法，甚为可取。三联写黄昏望中之山景，山间暮霭蒸腾，使人心胸为之激荡；归鸟没入长空，叫人睁大眼眶搜寻，表明诗人选定的角度是从山下望山。

所以末联趁势抒怀，说自己定要登峰造极，从山顶居高临下地望一望，那该又是一番境界，又是一番情趣吧。《孟子·尽心上》“孔子登东山而小鲁，登泰山而小天下”，即“会当凌绝顶，一览众山小”二句所本。

要知道这是杜甫在经历了“忤下考功第”的挫折后写成的一首诗，可一点也没有垂头丧气的感觉，这一方面来自时代的精神影响，一方面来自漫游生活尤其是眼前泰山的陶冶和启迪。在诗中，巍峨秀丽的泰山景象，和积极开朗的内心世界是完美和谐地统一着的。诗既能大处着眼，又能小处落笔，而所有的描写都通向篇末的两句，即表现一种蓬勃向上的情操。故《读杜心解》谓：“杜子心胸气魄，一斯可观，公集当以此首。”——这是兼年代之早与气象之大而言的。

绝 句

（唐）◎杜 甫

迟日江山丽，春风花草香。泥融飞燕子，沙暖睡鸳鸯。

先唐以五绝写景，有所谓“一时而四景皆列”的手法，如吴筠诗：“山际见来烟，竹中窥落日。鸟向檐上飞，云从窗里出。”这种手法又称为四句整对，在杜甫绝句更为常见。作于广德二年成都草堂的“迟日江山丽”一首绝句，即运用此法。上下联皆对，工整自然。

“迟日江山丽”句，《诗经·豳风·七月》云：“春日迟迟。”是说仲春的日子，白昼一天长似一天。这时风和日丽，山河特别秀美可爱。“迟日”二字笼罩全篇，给人以温暖明媚之感。首句写春光明媚，“春风花草香”句则写春的气息。前句偏于触觉，此句偏于嗅觉。因“日”见“丽”，凭“风”传“香”，用字工稳可喜，又表现出景物间的联系。

前二句着力写春天给人的总体感受，较为宏观，有如画图的阔大背景。后二句则着力刻画一二细节，较具体而微。它写的是小径与溪边的景物。“泥融”、“沙暖”都承“迟日”句来。“飞燕子”、“睡鸳鸯”则写出两种鸟儿，一动一静，它们分别与“泥融”、“沙暖”搭配，意蕴更加丰富。盖燕子春来忙做窠，春来土湿，它们啄泥芳径，又复飞去。鸳鸯成双作对，因春水犹寒而日照沙暖，它们便交颈而眠，贪享春天的温暖。通过两种鸟儿的动静刻画，反映了春天的勃勃生机。

全诗既从大处着眼，又从细处落墨，有联系又有对照，虽一句一景，但不零乱、单调。“丽”、“香”、“融”、“暖”等形容字，下得准确，堪称诗眼。通过美好春光的描绘，反映了饱经丧乱漂泊之苦的诗人在相对安定和平环境中的喜悦心情。

旅夜书怀

（唐）◎杜　甫

细草微风岸，危樯独夜舟。星垂平野阔，月涌大江流。名岂文章著，官应老病休。飘飘何所似，天地一沙鸥。

此诗旧注多编在永泰元年（765），以为杜甫东下经渝州、忠州时作，然景物描写不类；一说为大历三年（768）春寓湖北荆门时作，似较旧说为妥。

首联写月色下舟中所见，细草在微风中摇动，桅竿高耸夜空，从诗人对景的感知中，也表现出他夜愁不寐的孤寂和危难之感。次联写江景极为开阔，由于江在平原，故可以看到地平线，闪烁的星星在远处与地接近，是谓之"垂"；月色又使水天浑一，所不同者，天上月色宁静，水中月色动荡，是谓之"涌"。非"垂"字不足以见平野之阔，非"涌"字无以知大江在流也，是谓之炼字。

三联自慨平生。盖唐代士人意识，读书着意在功名与文章之间，两句系倒装，即"文章岂著名耶，老病应休官矣"。盖杜甫在当时虽有诗名，但远没有得到应有的推重，有诗道："百年歌自苦，未见有知音。"直到死去二十多年后，经过元稹、白居易等的宣传，才为世所重。至于老、病，当然是事实，但并非休官的真正原因。真正的原因是朝廷忘记了他。言下有无尽感慨。

末联说到眼前，以迟暮之年携着老妻和一群儿女，居然以舟为家，而且不知道归宿究在何处，诗人的内心深处就永远盘旋着水上白鸥的影子，甚至感到自己也就是天地间一只沙鸥，荒寂，孤独，栖身无所。

诗是随笔，但诗人的诗艺已臻炉火纯青，写景时又完全把自己放进去，故成杰作。

夔州歌

（唐）◎杜　甫

中巴之东巴东山，江水开辟流其间。白帝高为三峡镇，瞿塘险过百牢关。

长江滔滔东流至四川奉节，即古代的夔州，就进入了举世闻名的长江三峡之第一峡——瞿塘峡。此诗作于大历初，描绘歌颂了此处的山川形胜。

东汉末刘璋据蜀，分其地为三巴，有中巴，西巴，东巴。夔州为巴东郡，在“中巴之东”。“巴东山”即大巴山，在川、陕、鄂三省边境，诗中特指三峡两岸连山。“巴”、“东”字在首句重复，前分后合，构成由舒缓转急促的节拍，使人从声音上感受到大山的气势。“中巴之东巴东山”，七字皆阴平声，更属创格，形成单一而奇崛的音调，有助于气氛渲染，给人以石破天惊之感。次句写江水，“开辟”用如时间副词，意为从开天辟地以来，自古以来。不说“自古”而说“开辟”，是因为“自古”只能表达一个抽象的时间概念，而“开辟”这个联合结构动词富于形象性，能引起一种动感，仿佛夔门的形成是浪打波穿的结果，既突出自然伟力，又见出其地势的古老和险要。

前两句大处着笔，交待出夔州的地理环境，下两句进而更具体地描绘其山川形胜。“白帝”即白帝城，城在夔州之东的北岸高峰顶上。这里是公孙述割据称雄之处，也是三国时蜀汉防东吴的要冲，因它守住瞿塘峡口，所以说是“三峡镇”。在湍急的瞿塘峡江心，旧时有滟滪堆，冬日出水，夏日没入水中成为暗礁，所以“其间道路古来难”，不可谓不险。“百牢关”在汉中，两岸绝壁相对而立，六十里不断，因为它和夔州的瞿塘相似，所以用来作比。下联十四字抓住“高”、“险”特征，笔力千钧，把“高江急峡”写得极有气势。两句分承山水，句式对仗，音韵斩截，与散行作结风味全殊。

如果我们用盛唐绝句传统手法作对照，就会发现此诗在写作上有以下几个突出特点：一，传统绝句注重音调的平仄谐调，句格的稳顺；而此诗有意追求拗调，首句全用平声字，给人以奇离突兀之感。二，传统绝句注重风调，追求一唱三叹之音，尾联多取散行，一般“以第三句为主，第四句发之”（杨仲弘语），构成转合，即使用对结，也多采取流水对；此诗用“的对”作结，类半首律诗，诗意的转折在两联之间，结束的音调戛然而止。三，传统绝句注重情景交融的表现手法，纯写景的不多，而此诗两联皆分写山水。纯乎写景，却又并非无情。它通过奇突雄浑的自然景物的描写，取得激动人心的艺术效果，读者能感到诗人对祖国奇异山川的热爱和由衷的赞美。

登岳阳楼

（唐）◎ 杜　甫

昔闻洞庭水，今上岳阳楼。吴楚东南坼，乾坤日夜浮。亲朋无一字，老病有孤舟。戎马关山北，凭轩涕泗流。

大历三年（768）登岳阳楼望洞庭作。

“今”、“昔”二字相起，意味非一，既有百闻不如一见之欣喜，又有“江山留胜迹，我辈复登临”的感触，还隐含一种不胜今昔盛衰的感怆。

写洞庭景观，纯系大处落墨。湖在春秋时属楚国，与吴国无关，但三国时孙吴已奄有洞庭，故“吴楚”并提，也是有依据的，但讲为吴楚以湖分界就不妥了。按“坼”是裂陷的意思，所谓“东南坼”，即《淮南子·天文训》“地不满东南，故水潦尘埃归焉”的意思。所以下句就写其孕大涵深，“乾坤日夜浮”是说天上地下（如君山）的景象一齐纳入湖中，即“涵虚混太清”、“上下天光，一碧万顷”，“浮”字写得动荡如见。这里的东南，当然是个相对方位。诗句也反映出诗人胸次的豁达，能使读者受到同样的感染。黄生读此，谓“不知少陵胸中，吞几云梦也”。

三联直抒胸臆，多年战乱和漂泊，亲朋的书信往来是完全断绝，用“无一字”来表达这样的意思，尤见沉痛。诗人时年五十七，而已一身是病（肺病、疟疾、风痹），终日生活在水上、船中，除了孤舟一叶，便一无所有，而诗人自己也就好比是一叶孤舟。查慎行说：“于开阔处俯仰一身，凄然欲绝。”极是，盖境界的空阔，往往能加强人的孤独之感，如陈子昂登幽州台然。

最后提到国事，并为之涕泗纵横，已超越一己之困顿，与三联处境狭阔顿异，而与次联写景的胸襟气象，正好相称。

本篇笔力、胸次、境界俱上，在刻满岳阳楼的“唐贤今人诗赋”中，洵为杰作。

滁州西涧

（唐）◎ 韦应物

独怜幽草涧边生，上有黄鹂深树鸣。春潮带雨晚来急，野渡无人舟自横。

作于滁州任上，诗写雨后野渡的幽静之趣，同时也表现了深深的寂寥之感。

因为是孤孤单单一个人，所以面对西涧，才"独怜幽草"。树的深处，黄莺声声啼鸣，很清脆，很短促，却听不出应有的缠绵。春雨之后，潮水涨起来了，涧面变宽，一只破旧的木船搁浅在渡口的岸边，随波浪摇摆。末句妙在一个"自"字——表明船与人无关，一个"横"字——写出船的任水摆弄。撑篙人哪里去了？春寒料峭，也许回家去了。"野渡无人舟自横"，可待渡的人怎么办？这令人踌躇，也令人迷惘。

诗写得很简洁，词约而意丰。天色已晚，风雨潮涨，野渡无人，多像是人生时时可能遭遇的处境。《红楼梦》里的木居者曰："心似万丈迷津，亘古恒远，其中并无舟子撑篙。除非自渡，他人爱莫能助。"所以"舟自横"也不用怕了，"除非自渡，他人爱莫能助"呀！诗人不必有这样的意思，却能引发人联翩的浮想。

此诗抽去时间概念而展示空间物象，颇具画意，同时有画外的声音。末句的语意不仅屡被后人模仿，宋代宫廷画院更取为绘画考试题目。高明的画师或于船头画一拳鹭，以示无人。还有添一舟人卧舟尾独弄横笛，则谓非无舟子，无行人也。这也不必是诗的本意，却也是诗所引发的联想。

韦应物（737—792？），京兆万年（今陕西西安）人。出身关中望族，玄宗天宝十载（751）以门资恩荫入官为三卫郎。肃宗乾元元年（758）进太学，折节读书。代宗广德元年（763）为洛阳丞。大历九年（774）为京兆府功曹。贞元中曾任左司郎中，世称韦左司。在此前后曾任滁州、江州、苏州刺史，世称韦江州、韦苏州。有《韦苏州集》。

江村即事

（唐）◎ 司空曙

钓罢归来不系船，江村月落正堪眠。纵然一夜风吹去，只在芦花浅水边。

司空曙（720?—790?），字文明，广平（今河北鸡泽东南）人。早年赴京应试不第，安史乱中避地南方。代宗大历初任洛阳主簿，后入朝为左拾遗。德宗建中间贬长林县丞。贞元四年（788）前后，在剑南西川节度使韦皋幕中，官检校水部郎中，终虞部郎中。《全唐诗》存诗2卷。

渔父的乐趣，在于闲适。《庄子·刻意》云："就薮泽，处闲旷，钓鱼闲处，无为而已矣。"身边环境如水态云容、星月汀洲、芦蓼鸥鹭之景，莫不赏心悦目；竿纶舟棹、蓑笠根筌之具，莫不助其闲逸。司空曙之前，已有很多诗人歌咏过渔钓之乐，积淀了众多的审美意象和意蕴。闲适之美，贯通渔钓生活的全部过程，如抛纶之乐，似"目送归鸿，手挥五弦"；等待之乐，在意定神闲；收纶之乐，在得鱼忘筌；钓罢归来之乐，在意足心满。前人、时人已写得甚多，如"垂钓坐盘石，水清心亦闲"（孟浩然《万山潭作》），"浦沙明濯足，山月静垂纶"（李颀《渔父歌》），"乱荇时碍楫，新芦复隐舟。静言念终始，安坐看沉浮。素发随风扬，远心与云游"（储光羲《渔父词》），"玩舟清景晚，垂钓绿蒲中"（韦应物《游溪》）等等，各截取了渔钓生活的某些片段来歌咏。司空曙此诗，是就钓罢归来着墨的。

首句"不系船"有洒脱的原因，也有不必系的原因，都含蕴在诗意里。钓罢归来，心意已足，万事不挂虑于心，无丝毫拘滞。系船，无非是担心钓船漂走，若有此顾虑，逍遥之心便打了折扣。恰江村月落之时，趁着惬意的心情，顺着天赐的时机，美美地睡去，真是世外高情也。不必系者，钓船漂走的可能性很小，这里暗含着渔父的一种经验判断，反映出他的生活平和舒适，已至一种非常超然的境界了。

就算万一钓船被风吹去，也不必担心，充其量就横在芦花浅水边吧。纵使那样，也诗意无限呢。想想看，一夜风吹，渔父只在酣睡中，全然不在意；清晨醒来，一看，芦花满眼，摇曳身旁，浅水微波，船儿轻漾，真是别有一番趣致啊。芦花、钓船意象，构成十分清逸闲适的意境，引人入胜。诗家爱之，如岑参，便有"芦花映钓船"句；而晚唐诗人喻凫的"秋风江上家，钓艇泊芦花"句，简直就似从司空曙诗化来。

暮春归故山草堂

（唐）◎钱 起

钱起（722？—780？），字仲文，吴兴（今浙江湖州）人。玄宗天宝十载（751）登进士第。官至考功郎中、太清宫使。有《钱考功集》。

谷口春残黄鸟稀，辛夷花尽杏花飞。独怜幽竹山窗下，不改清阴待我归。

诗人故山草堂在谷口。诗人是在暮春时节回谷口草堂的。他为什么回草堂，是暂住还是长留，诗中并没有交待，但措语似有暗示。

黄鸟的叫声少了，木兰花凋谢尽了，连杏花也开始飘零了，故山草堂暮春物候正发生着变迁。一些曾为诗人深情眷念过的事物，并没有耐心等候主人的归来，就拜拜了。

然而，在许多“改”的面前，诗人却惊喜地发现了一个“不改”：山窗下的“幽竹”。“幽竹”是这首诗中最关键的意象。它四季常绿，无事张扬，虚心有节，有持能守，无论发生任何事情，它都将以“清阴”对待主人。前人认为这两句的命意，与“岁寒然后知松柏之后凋”（《论语·子罕》）相同。

根据此诗所处的历史语境，使人联想到李适之的一首诗：“避贤初罢相，乐圣且衔杯。借问门前客，今朝几个来？”（《罢相作》）直说味浅，哪及此诗风韵含蓄，耐人寻味？

柏林寺南望

(唐)◎ 郎士元

溪上遥闻精舍钟，泊舟微径度深松。青山霁后云犹在，画出西南四五峰。

郎士元(?—780?)，字君胄，中山(今河北定县)人。玄宗天宝十五载(756)登进士第。避安史之乱而羁滞江南。代宗宝应元年(762)授渭南尉，大历元年(766)前后擢为拾遗，四年前后迁员外郎，复转郎中，德宗建中初(780)出为郢州刺史，持节治军。《全唐诗》存诗1卷。

唐代诗中如画之作为数甚多，而这首小诗别具风味。恰如刘熙载所说："画山者必有主峰，为诸峰所拱向；作字者必有主笔，为余笔所拱向。……善书者必争此一笔。"(《艺概·书概》)此诗题旨在一"望"字，而望中之景只于结处点出。诗中所争在此一笔，余笔无不服务于此。

诗中提到雨霁，可见作者登山前曾于溪上值雨。首句虽从天已放晴时写起，却饶有雨后之意。那山顶佛寺("精舍")的钟声竟能清晰地达于溪上，使人"遥闻"，不与雨洗尘埃、空气澄清大有关系吗？未写登山，先就溪上闻钟，点出"柏林寺"，同时又逗起舟中人登山之想("遥听钟声恋翠微")。这不是诗的主笔，但它是有所"拱向"(引起登眺事)的。

精舍钟声的诱惑，使诗人泊舟登岸而行。曲曲的山间小路("微径")缓缓地导引他向密密的松柏(次句中只说"松"，而从寺名可知有"柏")林里穿行，一步步靠近山顶。"空山新雨后"，四处弥漫着松叶柏子的清香，使人感到清爽。深林中，横柯交蔽，不免暗昧。有此暗昧，才有后来"度"尽"深松"，分外眼明的快意。所以次句也是"拱向"题旨的妙笔。"度"字已暗示穷尽"深松"，而达于精舍——柏林寺，行人眼前豁然开朗。映入眼帘的首先是霁后如洗的"青山"。前两句不曾有一个着色字，此时"青"字突现，便使人眼明。继而吸引住视线的是天宇中飘飘的云朵。"霁后云犹在"，但这已不是浓郁的乌云，而是轻柔明快的白云，登览者怡悦的心情可知。此句由山带出云，又是为下句进而由云衬托西南诸峰作了一笔铺垫。

三句写山，着意于山色("青")，是就一带山脉而言；而末句集中刻画几个山头，着眼于山形，给人以异峰突起的感觉。峰数至于"四五"，则有错落参差之致。在蓝天白云的衬托下，峥嵘的山峰犹如"画出"。不用"衬"字而用"画"字，别有情趣。言"衬"，则表明峰之固有，平平无奇；说"画"，则似言峰之本无，却由造物以云为毫、蘸霖作墨、以天为纸即兴"画出"，其色泽鲜润，犹有刚脱笔砚之感。这就不但写出峰的美妙，而且传出"望"者的惊奇与愉悦。

过山农家

（唐）◎顾　况

板桥人渡泉声，茅檐日午鸡鸣。莫嗔焙茶烟暗，却喜晒谷天晴。

顾况（725—814），字逋翁，号华阳山人，又号悲翁，苏州海盐（今属浙江）人。肃宗至德二载（757）登进士第，曾官著作佐郎，以作诗嘲诮权贵贬饶州司户参军，后归隐茅山。有《华阳集》。

本诗写过访山农家。六言绝句诗，总共才 24 个字，必须惜墨如金。诗人用笔在山水行进、到达农家、农事交谈三个场景上，精心结撰，取景典型。

首句“板桥人渡泉声”，选取行至山农家附近的最有诗意的一个场景，构成画面：四围青山，人渡板桥，泉声在耳。渡桥人即诗人陶醉在风景中，同时他自己也成了风景。“板桥”乃人文景观，是连接山农家与外界的通道，标题既有“山”，则板桥架设在溪涧上，青山也就成为不写之写了。顾况的同龄人刘长卿亦有“流水通春谷，青山过板桥”之句。“泉声”，是山水清音，一片天籁。由末句一“晴”字，可知此前下过雨，则空气清新，溪泉淙淙，令人心情极为舒畅。次句“茅檐日午鸡鸣”，是写到达农家时所见所闻。“茅檐”在此至少有三重表意，一是农家屋舍简朴（茅屋），二是看茅檐下日影而知日午，三是日午时鸡栖于阴凉处。“日午”表明诗人到达的时间。“鸡鸣”，本为极寻常事物，但作为一个诗歌意象，顾况之前的诗人描写田园景物时已多有取用，诗化程度很高，如陶渊明云“鸡鸣桑树巅”（《归园田居》），王维云“桑榆郁相望，邑里多鸡鸣”（《赠房卢氏管》）、“雀乳青苔井，鸡鸣白板扉”（《田家》），又杜甫有“群鸡正乱叫，客至鸡斗争”（《羌村三首》），可见用以衬托宁静、平和的田园生活环境，非但不俗，反而典型有至味。顾况诗即由这些蕴含化来。

后二句，写农家焙茶、晒谷的农事活动，是以交谈的方式道出，非常切合访问事宜，又避免了单纯叙述农事之冗，极大限度地节约了文字。焙茶，烘炒茶叶。顾况对焙茶事是熟悉的，尝有《焙茶坞》：“新茶已上焙，旧架忧生醭。旋旋续新烟，呼儿劈寒木。”焙茶烟暗，乃天气使然，因此前下过雨，柴禾受潮，燃烧时便烟雾浓黑。此非主人不恭，无论客人是否到来，都有此现象。主人却以为歉意，可见其热情好客，生怕见怪。“莫嗔”一词，乃请求见谅之语，活画出农家主人之纯朴憨厚态度。客人明理，自是不会“嗔”的，特转出下句“且喜”来相宽慰。晒谷天晴，是为喜事，农家之喜，亦诗人之喜。诗人与农家的真挚情感，跃然纸上。诗歌景美情美，留给读者的印象很深。明代文徵明有一幅山水画，取象于顾况诗，并自题画云：“一重山崦一重溪，犹有人家住水西。行过小桥回首望，焙茶烟起午鸡啼。”客观写景，缺少顾诗之忠厚情意。当然，画家着眼点不同，非必尽取其意，否则便成蹈袭了。且“莫嗔”、“却喜”之语所婉转传递的深情厚谊，是无论如何也画不出来的。

题稚川山水

（唐）◎ 戴叔伦

松下茅亭五月凉，汀沙云树晚苍苍。行人无限秋风思，隔水青山似故乡。

山水诗向来多是对自然美的歌咏，但也有一些题咏山水的篇什，归趣并不在山水，而别有寄意。此诗即是一例。

从诗的内容可知，此篇当作于作者宦游途中。“松下茅亭五月凉，汀沙云树晚苍苍”，正写稚川山水，是行旅之中偶值的一番景色。这景色似乎寻常，然而，设身处地站在“五月”“行人”角度，就会发现它的佳处。试想，在仲夏的暑热中，经日跋涉后，向晚突然来到一个有山有水的地方。憩息于“松下茅亭”，放眼亭外，在水天背景上，那江中汀洲，隔岸的青山，上与云平的树木，色调深沉怡目（“苍苍”），像在清水中洗浴过一样，给人以舒畅之感。“凉”字就传达了这种快感。

戴叔伦曾说：“诗家之景，如蓝田日暖，良玉生烟，可望而不可置于眉睫之前。”（转引自《司空表圣文集》卷三）这里的写景，着墨不多，有味外味，颇似元人简笔写意山水，有“可望而不可置于睫眉之前”的意趣。

前二句写稚川山水予人一种美感，后二句则进一步，写出稚川山水给人一种特殊的感发。第三句的“秋风思”用晋人张翰因秋风起，思吴中家乡特产，遂命驾弃官而归之事。这里的“秋风思”代指乡情归思。它唤起人们对故乡一切熟悉的事物的深切忆念。“行人无限秋风思”，这一情感的爆发，其诱因非他，乃是一个富于诗意的发现——“隔水青山似故乡”！

按因果关系，行人在发现“隔水青山似故乡”之后方才有“无限秋风思”。三、四句却予以倒置，这是颇具匠心的。由于感情的激动往往比理性的思索更迅速，人受外物感染，往往有不自知其所以然者，那原委往往颇费寻思。把“隔水青山似故乡”这一动人发现于末句点出，也就更近情理，也更耐人寻味。欧阳詹《蜀门与林蕴分路后屡有山川似闽中，因寄林蕴，蕴亦闽人也》一诗与此诗意近：“村步如延寿，川原似福平。无人相与识，独自故园情。”它一开篇就写出那个动人发现，韵味反浅。可见同样诗意，由于艺术处理不同，也会有高下之分。

戴叔伦（732—789），字幼公，一作次公；或作名融，字叔伦，润州金坛（今属江苏）人。早岁师事萧颖士，安史乱中避地鄱阳。代宗初为秘书省正字，入刘晏幕。德宗建中元年（780）出为东阳县令，四年入江西节度使幕为判官。兴元元年（784）为抚州刺史。贞元间授容州（今广西容县）刺史、容管经略使兼御史中丞。《全唐诗》存诗2卷。

山石

（唐）◎韩　愈

山石荦确行径微，黄昏到寺蝙蝠飞。升堂坐阶新雨足，芭蕉叶大栀子肥。僧言古壁佛画好，以火来照所见稀。铺床拂席置羹饭，粗粝亦足饱我饥。夜深静卧百虫绝，清月出岭光入扉。天明独去无道路，出入高下穷烟霏。山红涧碧纷烂漫，时见松枥皆十围。当流赤足踏涧石，水声激激风生衣。人生如此自可乐，岂必局束为人鞿？嗟哉吾党二三子，安得至老不更归？

韩愈（768—824），字退之，河南河阳（今河南孟县）人，郡望昌黎。德宗贞元八年（792）登进士第，后因触怒权臣，贬阳山令。宪宗即位，元和元年（806）召拜国子博士。十二年从裴度讨淮西有功，升任刑部侍郎。十四年谏迎佛骨，贬潮州刺史。次年穆宗即位，召拜国子祭酒。长庆二年（822）转吏部侍郎、京兆尹。卒谥文。有《昌黎先生集》。

此诗是贞元十七年（801）韩愈辞徐州张建封幕职，在洛阳闲居候调时游洛阳北面惠林寺时所作，具体时间是旧历七月二十二日。诗以首二字为题，写其与友朋李景兴、侯喜等黄昏投宿山寺及翌日遍游山水的经过。

前四句写雨后之黄昏，到寺所见。“黄昏到寺蝙蝠飞”，写山寺暮色情景宛然，闻一多有“黄昏中织满蝙蝠的翅膀”（《口供》），意象即类此；“芭蕉叶大栀子肥”传“雨足”之神，“肥”、“大”二字表现出一种阳刚之美，为元好问所赞赏。

继四句写寺僧的接待。先是参观寺庙，最有看头的是壁画，因为时已入夜，所以燃灯观看。僧人介绍称是“古壁”，可见壁画出自前朝人手（大约是六朝吧）。韩愈虽不信佛，但客随主便，从“所见稀”的口气看，他对壁画艺术还是颇为欣赏的。接着便是用饭，寺庙待客是素席，是粗茶淡饭，但山行走了那么多路，到寺又参观了好一阵，饥者易为食，加之寺僧之热情，就吃得饱饱的。

“夜深”二句写宿寺之夜的感受。从诗句可以意会，刚睡下时，山中还是虫声唧唧，氛围十分幽静；夜深时分，虫声绝响，而半轮下弦月从岭头升起（谚云“二十一二三，月出鸡叫唤”），境界更为清幽，尤其令人陶醉。

以下六句写离寺山行，“天明独去无道路”句的“独去”是就寺僧未能远送而言，不是个人独行（同行还有“吾党二三子”），“无道路”是就大雾弥漫而言，不是无路可走。总之早行之初是在浓雾中出入高下，摸索前进，直到太阳出来，才穷尽烟霏。此时“山红涧碧纷烂漫”的明丽景色就扑入眼帘，带着山中特有

的湿度；“时见松枥皆十围”，既表明山林的古老原始，也表明视野在不断变化。

山行中最愉快的是看到山中之幽泉清水，杜甫这样写道：“在山泉水清，出山泉水浊。”(《佳人》)脱鞋趟石过溪水，不但不成其为麻烦，简直叫人觉得好玩——不知不觉就返回到赤脚耍水的童年心境。关于这种心情，郭沫若这样写道：“地球，我的母亲，天已黎明了，你把你怀中的儿来摇醒，我现在正在你背上匍行”，“地球，我的母亲，我不愿在空中飞行，也不愿坐车、乘马、著袜、穿鞋，我只愿赤裸着我的双脚，永远和你相亲。”(《地球，我的母亲》)

最后四句抒发感想，揭示全诗的主题，“人生如此”四字概括了黄昏对景、灯下观画、粗粝疗饥、夜深赏月、清早山行、赤足趟水乃至这次出游的全部经历，而后用“自可乐”三字加以肯定，同时又用“局束为人鞿”的幕僚生活作反衬，表现了对山中自然美及包括在自然美中的人情美的真诚向往。这比较接近孔子欣赏的曾点之志，“吾党”、“二三子”也是出自《论语》中的语言。

《山石》在韩愈诗中不属险怪，而属文从字顺一路，但在“以文为诗”方面表现则相当突出。全诗完全按行程顺序叙写，有如游记。既详记游踪，复能诗意盎然，盖诗人非常善于选材，善于捕捉景物在特定时间、天气中呈现的不同光感、色感、质感。全诗单句散行，一反初唐四杰以来七古间用骈偶的做法，避免了可能由此导致的圆熟和疲弱之病以及古风特殊韵味的丧失。

全篇无一律句，是有意识运用了与律句相区别的三字脚——“仄仄平”、“仄平仄”、“仄仄仄”、“平平平”，所以虽平声一韵到底，却无平板疲弱之感。近人陈寅恪谓韩诗“既有诗之优美，复具文之流畅，韵散同体，诗文合一”者，此诗即为著例。

柳州二月榕叶落尽偶题

（唐）◎ 柳宗元

宦情羁思共凄凄，春半如秋意转迷。山城过雨百花尽，榕叶满庭莺乱啼。

柳宗元(773—819)，字子厚，河东(今山西永济)人。德宗贞元九年(793)登进士第，十九年擢监察御史里行。顺宗永贞元年(805)与刘禹锡等参与革新，同年宪宗即位，革新失败，贬永州（今属湖南）司马。元和十年(815)回京，复出为柳州(今属广西)刺史。有《柳宗元集》。

“气之动物，物之感人，故摇荡性情，形诸舞咏”，而最感人的风物是殊域的风物，对景物最敏感的人是来自遐方的人。榕树为常绿乔木，高可达四五丈，是热带的一种风景树。这种树换叶往往在春天，不同他木之于秋季落叶。柳宗元在南方看到这种“春半如秋”的景象很有感触，便写下这首诗。

一、二句写自己谪居柳州的心境。古人称仕途奔波为宦游，一般说来，“宦情”与“羁思”总是联系在一起的。而柳宗元笔下的这两个词还有特定的内容：他所谓的“宦情”是指政治上遭受打击的怨抑；他所谓的“羁思”是远流边鄙的寂寥孤凄。在同一个时期所写“岭树重遮千里目，江流曲似九回肠”(《登柳州城楼》)、“海畔尖山似剑芒，秋来处处割愁肠”(《与浩初上人同看山》)就反映出他心情的凄苦。“共凄凄”是双重的凄苦。这种心境中的人不免善感，在春天本有伤春情绪，何况“春半如秋”。“凄”与“迷”是相关的两种心境。“宦情”、“羁思”之外加上特异的物候，这就在双重的凄凄之上加上了第三重，于是乎“意转迷”。

三、四句写景，是“春半如秋”的具体描写。“山城”指柳州，因南方气温高，二月遇雨，百花即已凋零，而榕树又正好落叶，满庭飞舞，景象如同秋天。而秋天比春天更容易动人离思，对于“宦情羁思共凄凄”的远谪之人，感染力更强。加之“秋景”之中，又有春莺乱啭——提醒愁人：这毕竟是春天。这就把伤春和悲秋两种情绪杂糅起来了。莺声本美，无所谓“乱”，由于人心烦乱，所以听起来也觉得它“乱”了。

将心境与物色打成一片，景物萧索，因了伤心人别有怀抱、以我观物的缘故，反过来又更增其伤心，结果是宦情羁思更凄凄了。一般说来，柳宗元在贬谪期间所写的诗不像刘禹锡那样乐观，那样能振奋人情，但真实深刻地反映了封建时代被压抑的正直有志之士的悲愤，颇能感人。

渔 翁

（唐）◎ 柳宗元

渔翁夜傍西岩宿，晓汲清湘燃楚竹。烟销日出不见人，欸乃一声山水绿。回看天际下中流，岩上无心云相逐。

此篇作于永州。作者所写的著名散文《永州八记》，于寄情山水的同时，略寓政治失意的孤愤。同样的意味，在他的山水小诗中也是存在的。此诗首句的“西岩”即指《始得西山宴游记》的“西山”，而诗中那在山青水绿之处自遣自歌、独往独来的“渔翁”，则含有几分自况的意味。主人公独来独往，突现出一种孤芳自赏的情绪，“不见人”、“回看天际”等语，又都流露出几分孤寂情怀。而在艺术上，此诗尤为后人注目。苏东坡赞叹说：“诗以奇趣为宗，反常合道为趣。熟味此诗有奇趣。”（《全唐诗话续编》卷上引惠洪《冷斋夜话》）“奇趣”二字，的确抓住了此诗最主要的艺术特色。

首句就题从“夜”写起，“渔翁夜傍西岩宿”，还很平常，可第二句写到拂晓时就奇了。本来，早起打水生火亦常事，但“汲清湘”而“燃楚竹”，造语新奇，为读者所未闻。事实不过是汲湘江之水、以枯竹为薪而已。不说汲“水”燃“薪”，而用“清湘”、“楚竹”借代，诗句的意蕴也就不一样了。犹如 “炊金馔玉”给人侈靡的感觉一样，“汲清湘”而“燃楚竹”则有超凡绝俗的感觉，似乎象征着诗中人孤高的品格。可见造语“反常”能表现一种特殊情趣，也就是所谓“合道。”

一、二句写夜尽拂晓，从汲水的声响与燃竹的火光知道西岩下有一渔翁在。三、四句方写到“烟销日出”。按理此时人物该与读者见面，可是反而“不见人”，这也“反常”。然而随“烟销日出”，绿水青山顿现原貌，忽闻橹桨“欸乃一声”，原来人虽不见，却只在山水之中。这又“合道”。这里的造语亦其奇。“烟销日出”与“山水绿”互为因果，与“不见人”则无干；而“山水绿”与“欸乃一声”更不相干。诗句偏作“烟销日出不见人，欸乃一声山水绿”，尤为“反常”。但“熟味”二句，“烟销日出不见人”，适能传达一种惊异感；而于青山绿水中闻橹桨欸乃之声尤为悦耳怡情，山水似乎也为之绿得更其可爱了。作者通过这样的奇趣，写出了一个清寥得有几分神秘的境界，隐隐传达出他那既孤高又不免孤寂的心境。所以又不单单是为奇趣而奇趣。

结尾两句是全诗的一段余音，渔翁已乘舟“下中流”，此时“回看天际”，只见岩上缭绕舒展的白云仿佛尾随他的渔舟。这里用了陶潜《归去来辞》“云无心而出岫”句意。只有“无心”的白云“相逐”，则其孤独无伴可知。

关于末两句，东坡却以为“虽不必亦可”。这不经意道出的批评，引起了持续数百年的争执。南宋严羽，明胡应麟，清王士禛、沈德潜同意东坡，认为此二句删好。而南宋刘辰翁、明李东阳、王世贞认为不删好。刘辰翁以为此诗“不类晚唐”正赖有此末二句(《诗薮·内编》卷六引)，李东阳也说：“若止用前四句，则与晚唐何异？”(《怀麓堂诗话》)两派分歧的根源在于对“奇趣”的看法不同。

苏东坡欣赏此诗“以奇趣为宗”，而删去末二句，使诗以“欸乃一声山水绿”的奇句结，不仅“余情不尽”(《唐诗别裁集》)，而且“奇趣”更显。而刘辰翁、李东阳等所菲薄的“晚唐”诗，其显著特点之一就是奇趣。删去此诗较平淡闲远的尾巴，致使前四句奇趣尤显，“则与晚唐何异”？其实“晚唐”诗固有猎奇太过不如初盛者，亦有出奇制胜而发初盛所未发者，岂能一概抹煞？如此诗之奇趣，有助于表现诗情，正是优点，虽“落晚唐”何伤？自然，选录作品应该维持原貌，不当妄加更改；然就谈艺而论，可有可无之句，究以割爱为佳。

续嘉陵驿诗献武相国

（唐）◎ 薛　涛

蜀门西更上青天，强为公歌蜀国弦。卓氏长卿称士女，锦江玉垒献山川。

诗当为宪宗元和三年(808)酬献宰相武元衡之作。武元衡出镇西川,途中有《题嘉陵驿诗》云:"悠悠风旆绕山川，山驿空蒙雨似烟。路半嘉陵头已白,蜀门西更上青天。"本篇为作者和诗,故称"续"。

武元衡《题嘉陵驿》基本上沿袭了"蜀道难"主题,其诗调苦而声酸。薛涛续诗巧妙地翻武诗末句作首句，更反其意而用之,专一赞美蜀中之人杰地灵。谓人则有司马相如与卓文君为代表的才子佳人,地则有濯锦江和玉垒山为代表的山川形胜,有意无意切合了唱和双方名士与才女的身份。所以明人钟惺评道:"如此评骘,评者受者,俱不愧矣。"(《名媛诗归》)

诗中"蜀门"指剑阁,本晋张载《剑阁铭》:"唯蜀之门,作固作镇。"《蜀国弦》本乐府诗题,《乐府诗集》入《相和歌辞》,专咏蜀地风光，如隋代卢思道之作云:"西蜀称天府,由来擅沃饶。雪浮玉垒夕,日映锦城朝。"其诗全写风光,薛涛诗则囊括人文,更觉大气。

薛涛(768?—832?)，字洪度,长安(今陕西西安)人,父薛郧，因官寓蜀。薛涛早慧,通晓音律，不幸丧父。德宗贞元中韦皋镇蜀,召令侍酒,遂入乐籍,历事11镇。与元稹、白居易、刘禹锡、杜牧等均有唱和。韦皋曾拟奏请朝廷授以秘书省校书郎之职，时人以女校书目之。有《薛涛诗集》。

暮江吟

（唐）◎ 白居易

一道残阳铺水中，半江瑟瑟半江红。可怜九月初三夜，露似真珠月似弓。

白居易（772—846），字乐天，晚号香山居士，又号醉吟先生，下邽（今陕西渭南）人。先世本龟兹人，汉时赐姓白氏。德宗贞元十六年（800）登进士第，十九年中书判拔萃科，授秘书省校书郎。宪宗元和十年（815）一度被贬江州司马。晚年以太子宾客分司东都，武宗会昌二年（842）以刑部侍郎致仕。有《白居易集》。

此诗约作于长庆二年（822）九月初三作者赴杭途中。诗写当天傍晚到夜幕降临时分的江上风光。

先写红日西沉的江景。用一“道”不用一“轮”，就不是写落日，而是写落日在水面的浮光，像“铺”在江面之上，故有“半江红”的奇观。而另外半江由于背阴或由于观察角度的缘故，水色如同碧玉。“瑟瑟”本是一种碧色宝玉名称。《旧唐书·于阗国传》言德宗“求玉于于阗，得瑟瑟百斤”。此处借以代言绿色，不仅写出水色透明的质感，而且在字面上给人以寒意——抓住了九月江边气候的特点。当然，这“半江”与那“半江”，不是一刀切，而是动荡参差，十分美妙壮观。

后二句写新月东升后的江景，时间发生了跳跃。“九月初三”，月属上弦，形如“玉弓”。正是下露的时候，在月下细圆发白而密集的粒粒露珠，又多么像刚刚出蚌的颗颗“真珠”。这玉弓般的月牙，与真珠般的露，是月夜最惹人注目的形象，写出它们也就写出了整个的月夜。这景象是澄彻、清凉的，在热闹耀眼的日落景象后出现，尤为可爱，沁人心脾。

全诗写江景富于变化，设喻精确华美，有明喻（“露似真珠”、“月似弓”），有借代（“半江瑟瑟”）。盛唐诗人写景多意笔，像这样精工细致的工笔画还是新的消息。诗有三句纯写景，有一句却是纪事兼抒情，这就是第三句。“九月初三夜”点出准确的季候、时间，“可怜”（可爱）二字则是抒发赞美之情。这一句用在上下联交接处，造成一种时间推移感，使上下联若断若连。同时它是虚写，与前后的三句实写相济，使全诗显得空灵而不板。

雨过山村

（唐）◎王　建

雨里鸡鸣一两家，竹溪村路板桥斜。妇姑相唤浴蚕去，闲着中庭栀子花。

王建（766？—832？），字仲初，颍州（今河南许昌）人。出身寒微，未中进士。早年从军幽州。元和年间官昭应县丞、渭南尉，长庆初由太常寺丞转秘书丞。后官陕州司马。晚年退居咸阳原上。又曾出任光州刺史。与张籍均长乐府诗，时称“张王乐府”。有《王建诗集》。

这首山水田园诗富有诗情画意，又充满劳动生活的气息，颇值得称道。

“雨里鸡鸣一两家”，诗的开头就大有山村风味。这首先与“鸡鸣”有关，“鸡鸣桑树颠”乃村居特征之一。在雨天，晦明交替似的天色，会诱得“鸡鸣不已”。但倘若是平原大坝，村落一般不会很小，一鸡打鸣会引来群鸡合唱。山村就不同了，地形使得居民点分散，即使成村，人户也不会多。“鸡鸣一两家”，恰好写出山村的特殊风味。

如果说首句已显出山村之“幽”，那么，次句就由曲径通幽的过程描写，显出山居的“深”来，并让读者随诗句的向导，体验了山行的趣味。在霏霏小雨中沿着斗折蛇行的小路一边走，一边听那潇潇竹韵，潺潺溪声，该有多称心。不觉来到一座小桥跟前，这是木板搭成的“板桥”。山民尚简，溪沟不大，原不必张扬，而从美的角度看，这一座板桥设在竹溪村路间，这竹溪村路配上一座板桥，却是天然和谐的景致。

“雨过山村”四字，至此全都有了。诗人转而写到农事：“妇姑相唤浴蚕去。”“浴蚕”，指古时用盐水选蚕种。据《周礼》“禁原蚕”注引《蚕书》：“蚕为龙精，月值大火（二月）则浴其种。”于此可见这是仲春时

分。在这淳朴的山村里，妇姑相唤而行，显得多么亲切，作为同一家庭的成员，关系多么和睦，她们彼此招呼，似乎不肯落在别家之后。“相唤浴蚕”的时节，也必有“相唤牛耕”之事，只举一端，不难概见其余。那优美的雨景中添一对“妇姑”，似比着一双兄弟更有诗意。

田家少闲月，冒雨浴蚕，就把农忙时节的农家气氛表现得更加够味。但诗人存心要锦上添花，挥洒妙笔写下最后一句：“闲着中庭栀子花。”事实上就是没有一个人“闲着”，但他偏不正面说，却要从背面、侧面落笔。用“闲”衬忙，兴味尤饶。一位西方诗评家说，徒手从金字塔上挖下一块石头，并不比从杰作中抽换某个单词更困难。这里的“闲”，正是这样的字：它不仅是全句也是全篇之“眼”，一经安放就断不可移易；同时诗人做入“栀子花”，又丰富了诗意。雨里栀子冉冉香，意象够美的。此外，须知此花一名“同心花”，向来用作爱之象征，为少女少妇所喜。此诗写栀子花无人采，主要在于表明春深农忙，没有谈情说爱的“闲”功夫，所以那花的象征意义便给忘记了。这含蓄不发的结尾，实在妙机横溢，摇曳生姿。

渔歌子

（唐）◎ 张志和

西塞山前白鹭飞，桃花流水鳜鱼肥。青箬笠，绿蓑衣，斜风细雨不须归。

张志和在唐肃宗时曾待诏翰林，授左金吾卫录事参军。坐事贬官，后不复仕，放浪江湖间，以船为家，来往苕、霅二溪之间，自号烟波钓徒。《新唐书》本传称其"每垂钓，不设饵，志不在鱼也"。张志和亦善画，出常格之外，入逸品。尝为《渔歌子》卷轴："随句赋象，人物、舟船、鸟兽、烟波、风月，皆依其文，曲尽其妙。"（《唐朝名画录》）

西塞山有二，一在湖北，刘禹锡《西塞山怀古》是；一在浙江吴兴，张志和此词是。作者是画家，小词写景亦如画：白的水鸟，红的桃花，青山绿水中着青箬笠、绿蓑衣，还有斜风细雨中的一个老翁，相映成趣。

张志和（?—?），字子同，号烟波钓徒、玄真子，婺州金华（今属浙江）人。肃宗乾元、上元间游太学，登明经第，待诏翰林，授左金吾卫录事参军。未几因事贬南浦尉。后浪迹江湖，隐居越州会稽。大历九年（774）在湖州刺史颜真卿幕，撰《渔歌子》。《全唐诗》存诗词9首。

寻隐者不遇

(唐)◎贯　岛

松下问童子，言师采药去。只在此山中，云深不知处。

贾岛(779—843)，字浪仙，一作阆仙，自称碣石山人，范阳(今北京)人。早年曾为僧，法名无本。宪宗元和间受知于韩愈，返俗应举，但终身未第。文宗开成二年(837)坐飞谤责授遂州长江(今四川蓬溪)主簿，世称贾长江。有《长江集》。

诗写的是一次寻访，寻访的结果是“不遇”。

“松下问童子”一句写问，以下三句则是对答。问写得极简括。不须明写谁问和问什么，因诗题和对答有清楚的交待。答语是诗着意之处，“言师采药去”，童子说师父进山采药去了。这一句本来已是一个完整的答复，但如果就此打住，就没有诗意了。小童对答复作了一番补充：师父就在这座山里，在那云雾迷蒙的某个地方，但具体在哪儿，就谁也不知道了。“只在此山中”的“只在”二字是很肯定的语气，仿佛作了确切的回答，但“云深不知处”，叫人哪里找去？说了半天，还是等于零。然而这两句补充并非多余，它不但是十分天真的话，而且语意佳妙。这不是故意卖弄口舌，而是生活中常有的那种无意中得到的妙语。它生动反映出“隐者”特有的生活趣味和情操。诗通过描写“隐者”那出没云中、神秘莫测的行踪，隐隐透露出其洁身自好、高蹈尘埃之外的精神风貌。

寻访“不遇”，通常是一种扫兴的事。但读这首诗，却会感到有不同寻俗之处。小童的天真答话，把人引进高远的意境中，使人恍如面对那云烟缭绕的大山，想到有一位高士在其中自由自在地活动。那人迹罕至的去处，一定别有天地、别有一番乐趣。诗以小童的答话结束，虽然没直接写寻访者的反应，但读后令人觉得，他大约不会立即兴尽而返，而会站在松下，久久对着那云烟深处神往。

诗属五绝，不入律，可作一首短小的古风读，内容和形式是高度统一的。

题君山

（唐）◎ 方 干

曾于方外见麻姑，闻说君山自古无。元是昆仑山顶石，海风吹落洞庭湖。

方干（？—885），字雄飞，睦州清溪（今浙江淳安）人。屡应举不第，遂隐鉴湖，终身不仕。曾学诗于徐凝。卒后门人私谥玄英先生。有《玄英先生诗集》。

洞庭湖中有一座青山，传说它是湘君曾游之地，故名君山，又名湘山、洞庭山。由于美丽的湖光山色与动人的神话传说，它激发过许多诗人的想象，写下许多美丽篇章，如“遥望洞庭山水色，白银盘里一青螺”（刘禹锡《望洞庭》），“疑是水仙梳洗处，一螺青黛镜中心”（雍陶《题君山》）等等，这些为人传诵的名句，巧比妙喻，尽态极妍，异曲同工。

而方干这首《题君山》写法上全属别一路数，他采用了“游仙”的格局。

“曾于方外见麻姑”，就像诉说一个神话。诗人告诉我们，他曾神游八极之表，奇遇仙女麻姑。这个突兀的开头似乎有些离题，令人不知它与君山有什么关系。其实它已包含有一种匠心。方外神仙正多，单单遇上麻姑，就有意思了。据《神仙外传》，麻姑虽看上去“年可十八九”，却是三见沧海变作桑田，所以她知道的新鲜事儿一定不少。

“闻说君山自古无”，这就是麻姑对诗人提到的一件新鲜事。次句与首句的起承间，有一个跳跃。读者不难用想象去填补；那就是诗人向麻姑打听君山的来历。人世之谜甚多，单问这个，也值得玩味。你想，那烟波浩渺的八百里琼田之中，“四顾疑无地，中流忽有山”（许棠《过君山》），这个发现，会使人惊喜不置；同时又感到这奇特的君山，必有一个不同寻常的来历，因而困惑不已。诗人也许就是带着这问题去方外求教的呢。

诗中虽然无一字正面实写君山的形色，纯从虚处落墨，闲中着色，却传达出了君山给人的奇异感受。

“元是昆仑山顶石，海风吹落洞庭湖”，真是不说则已，一鸣惊人。原来君山是昆仑顶上的一块灵石，被巨大的海风吹落洞庭的。昆仑山，在古代传说中是神仙遨游之所，上有瑶池阆苑，且多美玉。古人常用“昆冈片玉”来形容世上罕有的珍奇。诗中把“君山”设想为“昆仑山顶石”，用意正在于此。“海风吹落”云云，想象奇瑰。作者《题宝林寺禅者壁》云：“台殿渐多山更重，却令飞去即应难。”题下自注：“山名飞来峰。”可见此诗的想象显然受到“飞来峰”一类传说的影响。

“游仙”一体，起自晋人，后世多仿作，但大都借“仙境”以寄托作者思想感情。而运用这种方式来歌咏山水，间接表现自然美，不能不说是方干的一个创造。

三堂东湖作

（唐）◎韦　庄

满塘秋水碧泓澄，十亩菱花晚镜清。景动新桥横䗖蝀，岸铺芳草睡鵁鶄。蟾投夜魄当湖落，岳倒秋莲入浪生。何处最添诗客兴？黄昏烟雨乱蛙声。

韦庄（836—910），字端己，京兆杜陵（今陕西长安县）人。孤贫力学，曾长期流落江南。乾宁元年（894）始中进士，释褐为校书郎。天复中为西蜀王建掌书记，王建称帝后拜相。有《浣花集》，近人王国维辑《浣花词》。

据夏承焘先生《韦庄年谱（修订）》，唐僖宗乾符四年（877），四十二岁的韦庄从长安附近的鄠杜移居虢州（今河南灵宝），《浣花集》中的《虢州涧东村居作》、《三堂早春》、《渔塘十六韵》以及这首《三堂东湖作》，皆作于居住虢州时。当时，黄巢虽已起兵，但虢州还是一片宁静，秋天，村居无事的诗人在月明星稀的夜晚，静静地游览东湖，用清新秀丽的笔触画出了湖山美景，寄寓着悠然自得的闲适情怀。

韦庄的律诗，特别是像这首描写自然风光的律诗，虽不像他的一些绝句那样内涵深沉，发人深省，但它以明快清新取胜，在成功的抒情状物方面也自有其可贵的特色。

特色之一，是很少使事用典，而是根据自然环境，用明白晓畅的话言铸词造句，写出眼中所见和心中所感，以真切的情意来打动读者的心灵。此诗咏“东湖”，开篇即从“满塘秋水”着笔，直接入题，起得爽健自然。接着，在夜里，在那碧绿深沉的湖水上，作者便让各种景色次第展现出来：湖面上漂浮着十亩菱花，平展在明镜般清澈的水中；湖上横跨的新桥，像一条长虹，影子在水中荡漾；湖岸上，芳草如茵，睡着静静的池鹭；在明净的湖底，月亮投下它的影子，像从天上掉了下来；四围的山峰也倒映着它们的倩影，像一朵朵盛开的莲花。作者以湖面为中心，将湖上、岸边、天上、四近的自然景物都组织在一起，汇集到湖中，成为活泼、优美、迷人而又宁静的一潭。这当中，既有平面的扩展，也有上下立体的交叉，既有动态中的活泼，也有宁静中的安详。然而，作者最后还说，那最能惹动诗兴的，还是黄昏时候，在烟雨迷蒙中，那响彻四野的咯咯的蛙声。诗

中描述的这一切，犹如一条清澈的小溪，从诗人的笔下涓涓流出，直淌到读者心间，沁人肺腑。文字上绝没有故作艰深、矫揉造作之感，而是一任自然，如娓娓交谈，亲切动人。其中"䗖蝀"（虹的别称）一词，虽出自《诗经·鄘风·䗖蝀》："䗖蝀在东，莫之敢指。"但用在这里，和原诗意思已无关系，只是借来与对句的"鸡鶒"（即鹭鸶）对偶罢了，而中间两联的对偶，本是律诗应当遵守的规则，也不是做作和勉强。至于"蟾投夜魄"，看来像是用了《五经通义》（"月中有兔与蟾蜍何？月，阴也；蟾蜍，阳也，而与兔并明，阴系阳也"）和《后汉书·天文志》（"姮娥遂托身于月，是为蟾蜍"）的典故，但月中有蟾蜍，本系古代家喻户晓的神话传说，这里信手拈来，驱遣自如，浑化无迹，全然没有使事用典的痕迹。

特色之二，是结构新颖，在自然流利的笔调中，暗寓着章法上的精心安排。作者写东湖，是从夜里开始的，从第二句"晚"字可知，第四句"睡鸡鶒"、第五句"蟾投夜魄"更可证明，特别是"当湖落"三字，说明已是月到中天，至少半夜了。但到最后一联，却以问句逗起，在时间上来了一个很大的逆转："黄昏烟雨乱蛙声。"这真是石破天惊，出人意表。这一安排，有着丰富的含义。它说明作者不是入夜才到东湖的，而是黄昏就来了，那时正一片烟雨，只听得满湖动人的蛙声，勾起了浓郁的诗兴。同时也说明前三联所写是新晴景色，雨洗秋光，格外清丽，暗中为第二句的"清"字作了最好的注脚。其次，前三联所写皆从视觉着笔，全是眼中所见，而最后补以蛙声，是耳中所闻，则进一步从听觉上为整个美景增添了气氛，视、听并用，收到了声情并茂的效果。另外，尾联出现蛙声，也是为深夜的宁静作反衬，即以闹衬静。黄昏时候，烟雨苍茫的东湖是蛙的世界，蛙们引吭高歌，好不热闹，而此刻，它们似乎都已经倦于歌唱，安静地歇息了。而这时，一轮皎洁的明月却悄悄地洒下清光，笼罩一切，幻化一切，使闹后的宁静静得深沉，静得奇异，静得令人心醉。这最后一联的巧妙安排，使全诗格外生色，令人产生丰富的联想，留下悠远无尽的余味。

特色之三，是用字准确、生动，全诗音调响亮。诗中的动词，如"动"、"横"、"铺"、"投"、"落"、"倒"、"入"、"生"等，不仅准确，而且由于它们的频繁出现，便使本来静的景物有了动势，也使本来各不相干的景物相互融为一片，起了如同纽带般的联系作用。形容词"澄"、"清"、"乱"等，也恰到好处，例如用"乱"字来形容群蛙自由合唱的声音，真是惟妙惟肖，准确到不可移易的程度。特别是诗中还使用了"䗖蝀"、"鸡鶒"、"黄昏"、"烟雨"等双声词，读来流利自然，声韵和谐，增加了语言的音乐美。从中也可见作者熟练的文字技巧，他调动多方面的艺术手段，把东湖的自然美景表现得极为生动逼真，一片闲适之情，也充溢于字里行间，令人神往。

归王官次年作

（唐）◎ 司空图

乱后烧残数架书，峰前犹自恋吾庐。忘机渐喜逢人少，览镜空怜待鹤疏。孤屿池痕春涨满，小栏花韵午晴初。酣歌自适逃名久，不必门多长者车。

司空图（837—908），字表圣，泗州（今属江苏）人。咸通进士，官至知制诰、中书舍人。后隐居王官谷，自号知非子、耐辱居士。有《司空表圣文集》、《二十四诗品》。

司空图的诗歌多是山林遣兴、闲吟自适的作品，但其中也有反映社会动乱现实的悲慨之作。这首《归王官次年作》，正是兼有二者特点的作品，它既表现了司空图归隐后的与世无争、放怀山水之情，同时也曲折地流露了对于社会现实的忧虑和苦闷，体现出“韵外之致”和“味外之旨”，实践了他自己的诗歌理论。

诗题点明了两点：一是作诗的地点，“王官”即王官谷，在今山西省永济县东南的中条山上，是司空图的故乡；二是作诗的时间，司空图弃官“归王官”是唐僖宗光启三年（887），“次年”即光启四年(888)，故诗题一作《光启四年春戊申》，司空图五十二岁。

诗歌一开始就展现出作者故居在兵燹之后的严重创伤：“乱后烧残数架书。”“乱”是指战乱，即黄巢农民军与唐王朝军队的战争。此次战争从875年开始，到884年结束，山西南部永济一带和陕西关中地区都是重要战场。作者回归故乡时战争虽已平息，但旧居经过火烧，已经洗劫一空，只剩下几架残破不全的书了。“乱”字已令人怵目惊心，一个“烧”字更使人想到大火熊熊的恐怖情景，不禁为之震栗。然而，虽经战争的浩劫，但这毕竟是诗人的故乡，所以第二句紧接着来了一个转折：“峰前犹自恋吾庐。”表现了对故乡的执著的热爱。作此诗时诗人已经归隐一年，对故居作了重建和整修，所以已经有“庐”可“恋”。这一句使我们想到陶渊明《读山海经》诗：“孟夏草木长，绕屋树扶疏。众鸟欣有托，吾亦爱吾庐。”“恋吾庐”显然是从陶诗中化出。此时，他和陶渊明有共同的心境，即脱离官场、归隐田园之后的自足自适、轻松自得，但他又比陶渊明多了一种愤慨，因为多年来战火纷飞，本来极好的旧居竟遭破坏，想到天下多事，个人多难，不禁悲从中来。“犹自”二字，充满着人世沧桑的伤怀感。这两句突兀而起，曲折婉转而又包蕴不尽，起了提挈一篇、笼罩全诗的作用。

接着，诗人抒发了归隐后的心情：“忘机渐喜逢人少，览镜空怜待鹤疏。”前一句表现了归隐后在旧居中屏绝尘世、泊然宁静的心境。“忘机”，就是不用机心，对一切贵贱荣辱都不予计较。由于深居山中，不问政事，来往人又少，所以用不着机心了，诗人对此是很高兴的。从这句诗的潜台词中我们可以看出，诗人归隐前在翻云覆雨的政治斗争中，是用尽了心机的，那斗争的激烈、处境的险恶，诗人内心的厌恶，已经不言而喻。而这，正是作者急流勇退、归隐山林的真正原因。于是，他对自己的过去作了深入的反思：我对镜自照，看到这般衰老，感到过去是徒然高兴地在等待鹤书的到来。“鹤疏”即鹤书，书体名，也叫“鹤头书”，古时用于招纳贤士的诏书。这是沉痛的忏悔，说自己过去不应当躁于进取，出去做官，如今回来了，也就再不出去做官了（以后虽经曲折，他确实没有再出山做官）。这一联非常婉曲地表明了终老山林之志，也深刻地暗示了“恋吾庐”的根本原因，就在于要脱离无谓的斗争，遁迹深山。

第三联掉换笔锋，以精心结撰的诗句另开新境，描写了“庐”中的美景，令人爽心悦目。“孤屿池痕春涨满，小栏花韵午晴初”这两句是“互文”，出句与对句互相交织，意思是说在初晴的中午，有着小岛的池塘里涨满了春水，小小花圃中鲜花盛开，更加

富有韵致。两句诗精炼而又形象生动，而且从“午晴初”三字中，可以推见上午还在下雨，那油油春雨飘飘洒洒，涨满了春池，滋润着花朵（当然也滋润着作者的心），中午雨霁云开，融和的阳光照在春池的碧波上，照在带着雨珠的花朵上，一切显得更加清新明媚、春意盎然，这真是无限美好的时刻啊！同时，“孤屿”与“小栏”互相映带，从“孤”字、“小”字和“满”字、“韵”字中，隐隐透出作者在深山旧居里自为天地、自得其乐的心情。两句包蕴深厚，而且语言十分精美，“状难写之景如在目前，含不尽之意见于言外”（梅尧臣语），体现出作者高度的技巧，堪称佳句。清人吴乔在《围炉诗话》中说：“司空图佳句，大有高致，又甚细密。”正是指此。

当作者陶醉在这样的美景中流连不已之时，情不自禁地在最后一联中进一步表明了自己的生活态度：“酣歌自适逃名久，不必门多长者车（音居）。”“逃名”是用《议书·逸民传》中法真的故事：东汉人法真，字高卿，扶风郿人，恬静寡欲，朝廷四次征辟皆不就，遁形远世，世人谓之逃名。此句又化用了陶渊明《读山海经》诗句：“穷巷隔深辙，颇回故人车。”《文选》李善注陶诗说：“《汉书》曰张负随陈平至其家，乃负郭穷巷。以席为门，门外多长者车辙。《韩诗外传》：楚狂接舆妻曰：门外车辙何其深。”“长者车”，指达官贵人之车，意与陶诗略同。作者通过用典，委婉但却坚决地表示，自己要像法真和陶渊明那样做逃名的隐士，在山林中尽情高歌，绝不做陈平那样的人去与达官贵人交往，徒费心机。这里的“长者”，显然是对“忘机渐喜逢人少”中的“人”的具体解释。原来，诗人所反复表示的，就是要与扰攘争夺的晚唐政治绝缘，深隐故居，啸傲山林，来悠然自适地度过自己的一生。这在宦官专权、党争激烈、藩镇割据的当时，应该说还是一种高洁的品质。

不过，诗人在这样的环境中也难得心情的平静，表面上很想旷达，像闲云野鹤一样，放游天外，而内心却充满了痛苦。这从他的《白菊三首》之一“自古诗人少显荣，逃名何用更题名。诗中有虑犹须戒，莫向诗中著不平”和《秋思》“身病时亦危，逢秋多恸哭。风波一摇荡，天地几翻复”中，可以得到印证。本诗也曲折地反映了这种内心的矛盾。作者采用情景融合、寓情于景和使典隶事等手法，交织错综地进行描写，让个人的愤激从悠然自得的表象中自然流出，产生出含蓄蕴藉、包蕴丰富的意境，真耐人作三日想。

伤田家

（唐）◎ 聂夷中

二月卖新丝，五月粜新谷。医得眼前疮，剜却心头肉。我愿君王心，化作光明烛。不照绮罗筵，只照逃亡屋。

聂夷中（837—884），字坦之，河东（今山西永济）人。出身贫寒，懿宗咸通十二年（871）登进士第，后补华阴县尉。《全唐诗》存诗1卷。

唐末广大农村破产，农民遭受的剥削更加惨重，至于颠沛流离，无以生存。在这样的严酷背景上，产生了可与李绅《悯农》二首前后辉映的聂夷中《伤田家》。有人甚至将此诗与柳宗元《捕蛇者说》并论，以为“言简意足，可匹柳文”（《唐诗别裁集》）。

开篇就揭露封建社会农村一种典型“怪”事：二月蚕种始生，五月秧苗始插，哪有丝卖？哪有谷粜（卖粮食）？居然“二月卖新丝，五月粜新谷”。这乃是“卖青”——将尚未产出的农产品预先贱价抵押。正用血汗喂养、栽培的东西，是一年衣食，是心头肉呵，但被挖去了。两言卖“新”，令人悲酸。卖青是迫于生计，而首先是迫于赋敛。可与“父耕原上田，子劚山下荒。六月禾未秀，官家已修仓”四句并读。这使人联想到民谣：“新禾不入箱，新麦不登场。殆及八九月，狗吠空垣墙。”（《高宗永淳中童谣》）明年衣食如何，已在不言之中。

紧接是一个形象比喻：“医得眼前疮，剜却心头肉。”它通俗、平易、恰切。“眼前疮”固然比喻眼前急难，“心头肉”固然比喻丝谷等农家命根，但这比喻所取得的惊人效果绝非“顾得眼前顾不了将来”的概念化表述能及万一。挖肉补疮，这是何等惨痛的形象！唯其能入骨三分地揭示那血淋淋的现实，叫人一读就铭刻在心，永志不忘。诚然，挖肉补疮，自古未闻，但如此写来最能尽情，既深刻又典型，因而成为千古传诵的名句。

“我愿君王心”以下是诗人陈情，表达改良现实的愿望，颇合新乐府倡导者提出的“惟歌生民病，愿得天子知”（白居易《寄唐生》）的精神。这里寄希望于君主开明固然有其历史局限性，但作者用意主要是讽刺与谲谏。“我愿君王心，化为光明烛”，即委婉指出当时君王之心还不是“光明烛”；望其“不照绮罗筵，只照逃亡屋”，即客观反映其一向只代表豪富的利益而不恤民病，不满之意见于言外，运用反笔揭示皇帝昏聩，世道不公。“绮罗筵”与“逃亡屋”构成鲜明对比，反映出两极分化的尖锐阶级对立的社会现实，增强了批判性。它形象地暗示出农家卖青破产的原因，又由“逃亡”二字点出其结果必然是“殚其地之出，竭其庐之入，呼号而转徙，饥渴而顿踣”，“非死则徙尔”（《捕蛇者说》），充满作者对田家的同情，可谓“言简意足”。

王驾(？—？)，字大用，自号守素先生，河中(今山西永济)人。昭宗大顺元年(890)登进士第，授校书郎，官至礼部员外郎。《全唐诗》存诗6首。

社 日

(唐) ◎ 王 驾

鹅湖山下稻粱肥，豚栅鸡栖半掩扉。桑柘影斜春社散，家家扶得醉人归。

古时的春秋季节有两次例行的祭祀土神的日子，即春社和秋社。古代劳动人民不但通过这种方式表达他们对减少自然灾害、获得丰收的良好祝愿，同时也借这样的节日尽情娱乐。在社日到来时，民众集会竞技，进行各种类型的作社表演，并集体欢宴，非常热闹。宋代诗人杨万里《观社》有生动描写："作社朝祠有足观，山农祈福更迎年。忽然箫鼓来何处？走煞儿童最可怜！虎头豹面时自顾，野讴市舞各争妍。王侯将相饶尊贵，不博渠侬一晌癫！"王驾这首《社日》写法却完全不同，它没有一字正面写作社的情景，却也写出了这个节日的欢乐，而且远比杨万里的那首诗脍炙人口。

诗一开始不写"社日"的题面，却从村居风光写起。"鹅湖山"，在今江西铅山县境内，地名十分诱人。湖的得名使人想到鹅鸭成群，鱼虾满塘，一派山明水秀的南方农村风光。春社时属仲春，"稻粱肥"，是指田里庄稼长得很好，丰收在望。村外风光是这样迷人，那么村内呢？到处是一片富庶的景象，猪满圈，鸡栖埘，联系第一句描写，真可以说是五谷丰登、六畜兴旺。所以一、二句虽只字未提作社的事，先就写出了节日的喜庆气氛。这两句也没有写到村居的人，"半掩扉"三字告诉读者，村民都不在家，门儿都半掩着。"半掩"而不上锁，可见民风淳厚，丰年富足。古人常用“夜不闭户”表示环境的太平安宁，“半掩扉”这个细节描写是很有表现力的。同时，它又暗示出村民家家都参加社日活动去了。

后两句没有就作社表演热闹场面着笔，却写社散后的景象。“桑柘影斜”，夕阳西下，树影在地越来越长，说明天色向晚。古代习惯，祭社之处必植树，此即社树，亦即“故国乔木，”它是乡国之象征，故受崇拜。其中桑、柘二树是常见社树的树种。此诗“桑柘”二字紧扣“社日”，绝非闲笔。春社散后，人声渐稀，到处都可以看到一种情景，即一些为庆祝社日而喝得醉醺醺的村民，被家人邻里搀扶着回家。“家家”是夸张说法，说明这种情形之普遍。不正写社日的热闹与欢乐场面，却选取高潮之后渐归宁静的这样一个尾声来表现，颇为别致。它的暗示性很强，读者通过这个尾声，会自然联想到作社、观社的全过程。“醉人”这个细节可以使人联想到村民观社的兴高采烈，正因为心里高兴，才不觉贪杯，而这种高兴又是与丰收的喜悦分不开的。

此诗不写正面写侧面，通过富有典型意义和形象暗示作用的生活细节写社日景象，笔墨极省，反映的内容却极为丰富，使人读后不觉其短，回味深长。

雨晴

（唐）◎王　驾

雨前初见花间蕊，雨后兼无叶里花。蛱蝶飞来过墙去，却疑春色在邻家。

时间：一个春日。地点：一户人家小园。从题目“雨晴”和诗中“雨前——雨后”看，雨下的时间不长，而且很快就转晴明，又是一番丽日当空。“雨前初见花间蕊，雨后兼无叶里花”，可见雨势之猛。“花间蕊”即初放蓓蕾，“叶里花”是较隐蔽的花，两者在雨后“兼无”，可见这番风雨对小园的袭击是扫荡性的，雨后留下了一片狼藉。诗写花开花落，只在雨前雨后，就生动展示了骤雨情景；同时把笔力集中在花的描绘上，又为后文蝴蝶寻芳作好铺垫。阵雨来时，昆虫均仓皇蛰伏。一旦雨过天青，艳阳普照，蝴蝶则最先活跃，迫不急待地飞往园林。周邦彦写道：“夜来风雨，葬楚宫倾园（指落花）。……多情最谁追惜？但蜂媒蝶使，时叩窗隔。”（《六丑》）这首诗中，阵雨过后立即飞来的蝴蝶更显得殷勤有加。小园蒙受无妄之灾后，花儿荡然无存，这赶来慰问的“蝶使”匆匆查看一番，感到无事可做，又忙不迭飞“过墙去”。第三句七个字，已将雨后园景宛然画出，诗人却由此产生了一个富有魅力的想象。

“蛱蝶飞来过墙去”，便给人以希望，令人疑心春色尚在邻家。一墙之隔，产生了奇妙的效果。不能一览无余，反而耐人寻想。“墙里秋千墙外道。墙外行人，墙里佳人笑”（苏轼《蝶恋花》）。如果拆了这堵墙，一切将变得简单明了，却也失却了许多回味。宋诗中有“春色满园关不住，一枝红杏出墙来”（叶绍翁《游园不值》）的名句，与此诗末二句异曲同工。由一枝红杏见满园春色，是见微知著；由蝴蝶过墙疑春在邻家，则是睹影知竿，有摇曳不尽之姿。

初渡汉江

（唐）◎崔　涂

襄阳好向岘亭看，人物萧条属岁阑。为报习家多置酒，夜来风雪过江寒。

崔涂（？—？），字礼山，江南人。僖宗光启四年（888）登进士第。游踪遍及巴蜀、吴楚、河南、秦陇等地。《全唐诗》存诗1卷。

这首写风雪渡江的诗，用极古简的笔法，绘出一幅饶有情致的图画。首句点出地点，是汉江环绕襄阳、岘山的一段，这同时也是写景，淡淡勾勒出岘山的轮廓，在灰色的冬晚天空背景衬托下，岘亭的影子显得特别惹眼和好看。次句点节令，兼写江上景色。由于岁暮天寒，故"古道少行人"。然而"渡口只宜寂寂，人行须是疏疏"，反添了一种诗情画意。三句是寄语逆旅主人备酒，借此引起末句"夜来风雪过江寒"，于是读者看到：江间风雪弥漫，岘山渐渐隐没在雪幕之中，一叶扁舟正冲风冒雪过江而来。末二句用"为报"的寄语方式喝起，更使读者进入角色，不仅看到一幅天生的图画，而且感到人在画图中。

说它如画，似乎还远不能穷尽此诗的好处。虽然诗人无一语道及自己的身份、经历和心情，但诗中有一股郁结之气入人很深，读后经久难释，读者对诗人不曾言及的一切似乎又了解得很多。

襄阳这地方，不仅具有山水形胜之美，历来更有多少令人神往的风流人物，其中最值得一提的是晋代的羊祜。史载他镇守襄阳，务修德政，身后当地百姓为他在岘山置碑，即有名的"堕泪碑"。诗的首句说"襄阳好向岘亭看"，难道仅仅是就风光"好"而言么？那尽人皆知的羊公碑，诗人是不会不想到的。而且，诗越往后读，越让人感到有一种怀古之情深蕴境中。前面提到岘山"岘亭"，紧接就说"人物

萧条”，难道又仅仅是就江上少人行而言么？细细含味，就感到一种“时无英雄”的感喟盘旋句中。

“习家池”乃襄阳名胜之一。习家曾是襄阳的望族，出过像习凿齿那样的大名士。在重冠冕(官位爵禄)压倒重门阀的唐代，诸习氏自然是今不如昔了。第三句不言“主人”或“酒家”，而言“习家”，是十分有味的。它不仅使诗中情事具有特殊的地方色彩，而且包含浓厚的怀古情绪，一种“人事有代谢，往来成古今”的感慨油然而生。怀着这样的心情，所以他“初渡汉江”就能像老相识一样“为报习家多置酒”了。何以不光“置酒”而且要“多”？除因“夜来风雪过江寒”的缘故，联系前文，还有更深一层涵义，这就是要借酒杯一浇胸中块垒，不明说尤含蓄有味。这两句写得颇有情致，开口就要主人“多置酒”，于不客气中表现出豪爽不羁的情怀。

于是，在那风雪汉江、渡头如画的背景之上，抒情主人公形象越来越鲜明地凸现出来。就像电影镜头的“叠印”，他先是隐然于画面中的，随着我们对画面的凝神玩赏而渐渐显影。这个人似乎心事重重却举措落落大方，使人感到尽管他有一肚皮不合时宜，却没有儒生的酸气，倒有几分豪侠味儿。

答　人

（唐）◎ 太上隐者

偶来松树下，高枕石头眠。山中无历日，寒尽不知年。

太上隐者，生平籍里不详，《全唐诗》存诗1首。

如果说陶渊明身居魏晋，慨想羲皇，主要是出于对现实的不满，那么唐人向往恬淡无为的太古时代，则多带浪漫的意味。唐时道教流行，此诗作者大约是其皈依者。据《古今诗话》载，这位隐者的来历为人所不知，曾有好事者当面打听他的姓名，他也不答，却写下这首诗。首联"偶来松树下，高枕石头眠"，这与其说是"答人"，毋宁说是有点像传神的自题小像。"偶来"，其行踪显得多么自由无羁，不可追蹑，所谓"先生不知何许人也"，如是介绍别人则属凡语，但作为自我介绍，就值得玩味。"高枕"，则见其恬淡无忧。"松树"、"石头"，设物布景简朴，却富于深山情趣。

在远离世间的山中，如同生活在远古，"虽无纪历志，四时自成岁"（陶渊明《桃花源诗》），"寒尽"二字，就含四时成岁之意。而且它还进了一步，虽知"寒尽"岁暮，却又"不知年"。这里当含有两层意思：一层从"无历日"演绎而来，意即"不解数甲子"（"山僧不解数甲子，一叶落知天下秋"）；二层是不知今是何世之意，犹《桃花源记》的"不知有汉，无论魏晋"。可见诗中人不但在空间上独来独往，在时间上也是无拘无碍的。李白《山中答俗人问》写问而不答，不答而答，表情已觉高逸。此诗则连问答字面俱无，旁若无人，却又是一篇绝妙的"答俗人问"，读后令人有"羚羊挂角，无迹可求"之感。

风流子

（五代）◎ 孙光宪

茅舍槿篱溪曲，鸡犬自南自北。菰叶长，水葓开，门外春波涨绿。听织，声促，轧轧鸣梭穿屋。

孙光宪(895?—968)，字孟文，自号葆光子，陵州贵平（今四川仁寿）人。唐时为陵州判官。天成初(926)避地江陵，后事南平三世。累官检校秘书少监兼御史中丞。归宋后授黄州刺史。近人王国维辑有《孙中丞词》1卷。

花间派词人孙光宪，偶或写出两三首山水、田园题材的作品，与当时盛行“绮罗香泽之态”、“绸缪宛转之度”的主流词风不同，其清新的气息，飘离于脂粉气之外，散发出诱人的清香。他写太湖山水的《渔歌子》二首(“草芊芊”和“泛流萤”)，词境清旷，所刻画的山水景物之美和情致之美，极为人们喜爱，汤显祖评本《花间集》卷四就说他：“竟夺了张志和、张季鹰坐位，忒觉狠些。”二词在写景艺术上，长于取景布局，逐层展示美景，并通过视觉、触觉、听觉、嗅觉等多种感受来表现，生动传神，美感强烈。如果我们再扩大开去，看他的写景抒情之作如《浣溪沙》（蓼岸风多）等词的写景艺术，就会认为他确实有这样的特色。

这首《风流子》是描写江南水乡田园题材的作品。词中人家傍水而居，环境十分优美。词人围绕“茅舍”来取景布局，疏密有致，并与游观视听相结合，把读者带入优美的词境中。茅舍坐落在溪湾处，木槿为篱，环绕周围，形成院落，绿意葱然，清静之极。时而闻见鸡犬，自南自北，往来活动。篱门外，溪湾开阔的水面上，丛丛菰叶摇曳，水葓盛开着红、白色的花朵，春波泛动，要将绿意涨满整个溪湾。此时，从茅舍中传出轧轧鸣梭的织布声，节奏急促鲜明，久久不绝……“听织”二字，将游观者一并画出。

可以看出，在这首词中，作者又充分发挥了他写景的长处。除取景构图外，色彩的处理也很高明。我们读词后会觉得，绿色是其主色调，但直接用色彩词“绿”字，只一处。在“春”的季节里，“槿篱”、“菰叶长”，都有间接的色彩暗示，因而避免了用同一色彩词的重复。按格律要求，“长”应读 zhǎng，生长之意。写春波，“绿”字前着一“涨”字，用得非常灵动，将绿意增加的量与速度极为形象地表现了出来。作者似乎对此字用于表现色彩变化方面的功效很看重，他在《渔歌子》中也有此用法：“草芊芊，波漾漾。湖边草色连波涨。”都极具表现力。看到孙光宪词的成功，“涨绿”一词就被后人广泛运用了。如王安石“一川花好泉亦好，初晴涨绿深于草”，苏轼“凭君遍绕湖边寺，涨绿晴来已十分”，王之道“雨过池塘新涨绿”，孙觌“湖波涨绿浓于酒”等。“水葓开”，水葓花有红白二色，“开”字亦将花色间接写出。于是在绿色的大环境中，红红白白的水葓花起到了极好的调和、搭配作用，避免了色彩的单调。真乃善于设色。在描写声音方面，有暗示，也有明写。鸡犬的活动可以是视觉所见，但也无疑暗示着声音，鸡犬之声衬托了村庄的静谧，烘托着田园平和的氛围。“轧轧鸣梭”是明写声音，“穿”字炼得极好，声音的穿透力度都蕴含在这个字中。人的活动也通过声音展示了出来，令人想见农家妇女纺织劳作的情景，田园生活的气息十分浓郁。

村行

(宋)◎ 王禹偁

马穿山径菊初黄，信马悠悠野兴长。万壑有声含晚籁，数峰无语立斜阳。棠梨叶落胭脂色，荞麦花开白雪香。何事吟余忽惆怅？村桥原树似吾乡。

王禹偁(954—1001)，字元之，济州巨野(今属山东)人。世代务农。太平兴国八年(983)进士。历任右拾遗、翰林学士、知制诰。遇事敢言，屡以事贬官。真宗时，预修《太祖实录》，直书史事，为宰相不满，降知黄州。后迁蕲州，病卒。有《小畜集》。

太宗淳化二年(911)，王禹偁因论妖尼道安诬陷徐铉，获谴于朝廷，由开封贬到商州(今陕西商县)为团练副使。他在商州写了不少写景抒情诗，有“平生诗句是山水，谪宦方知是胜游”之句。《村行》乃获贬的次年秋作于商州。

首联写马踏山径，道旁满是野菊花，人的兴致很高，所以信马随意而行，是信手拈来之句。次联为全篇之警策。“数峰无语”这个否定的命题，假设着一个肯定的命题，就是仿佛它能语、欲语似的，这样它才不是一句废话，而是一句耐人寻味的话。“含晚籁”与“立斜阳”，无不是写自然于我有深情，所谓“相看两不厌”也，这是野兴很浓的又一表现。中国诗的胜谛在赋外物以生命，使外物的精神与创作主体的精神息息相通。此即是。

三联拈出棠梨的红叶，荞麦的白花，秋色秋香，自然成对。末联写兴致勃勃之际，忽然袭来枨触。原来桥边一座山村，原上数株老树，十分眼熟，像煞故乡景物。这是一种真切的生活体验，在中晚唐诗中已有类似语，如欧阳詹《蜀门与林蕴分路》:“村步如延寿，川原似福平。无人相共识，独自故乡情。”此诗只于结尾处一点即收，让人回味悠长。

畬田调三首

（宋）◎ 王禹偁

大家齐力劚孱颜，耳听田歌手莫闲。各愿种成千百索，豆萁禾穗满青山。

谷声猎猎酒醺醺，斫上高山入乱云。自种自收还自足，不知尧舜是吾君。

北山种了种南山，相助力耕岂有偏。愿得人间皆似我，也应四海少荒田。

这组诗原共五首，作于同年春天。盖商州属邑有丰阳、上津，皆深山穷谷，不通辙迹。其民刀耕火种，广种薄收；其俗互助力田，杭育杭育，人人自勉。王禹偁对此十分歆羡赞赏，遂效唐代刘白唱酬相与为《竹枝词》之遗意，为山民创作了这组《畬田调》，亦即劝耕之山歌，教他们唱，“其词则取乎俚，盖欲山民之易晓也”，应该说是很有意义的。

“孱颜”犹巉岩，山高峻貌。“千百索”的“索”是当地山民的度量单位，因为他们不懂也不用通行田亩丈量单位，但以百尺绳索量地，道“某家今年种得若干索以为田数”（原注）。“自种”二句，化用《击壤歌》（日出而作）“帝力于我何有哉”，但亦有新意，乃谓山民自给自足，但不受官吏徭役的苛扰，也就心满意足了。当然，这也有赖于时代的清平，虽然山民并不理会。“愿得”二句，主要是唱给执政者听的，希望能把商州经验向全国推广（《序》云：“亦欲采诗官闻之，传于执政者，苟择良二千石暨贤百里，使化天下如斯民之义，庶乎污莱尽辟矣。”）。

诗除重视农耕以外，还反映了劳动人民以劳动为生、以劳动为乐、以劳动为荣的淳朴的思想感情，并使用劳动人民的语言，在古诗中是难能可贵的。这对南宋的杨万里、范成大都有积极影响。

鲁山山行

(宋)◎ 梅尧臣

梅尧臣(1002—1060),字圣俞,宣州宣城(今属安徽)人。少时应进士不第。历任州县官属。皇祐初赐进士出身,授国子监直讲,官至尚书都官员外郎。曾预修《唐书》。有《宛陵先生文集》。

适与野情惬,千山高复低。好峰随处改,幽径独行迷。霜落熊升树,林空鹿饮溪。人家在何许?云外一声鸡。

诗为仁宗康定元年(1040)作者知襄城县时过鲁山所作。鲁山一名露山,靠近襄城西南边境。

首二句为倒装总叙山行,意思是一路上入眼尽是高高低低的山峰,恰好满足我爱好天然风物的脾性。次联写沿途视觉印象和独行的感受:出句写出千山因移步换形而产生的奇妙视觉感受,对句写独行时遇小路无人问津的彷徨而又好玩的心情。

三联写山行最愉快最难忘的,是看到不少野生动物的活动。“霜落”、“林空”为互文,正因为深秋木叶疏落,才容易看到熊上树和鹿饮溪。看到野生动物的活动,确实比只看到林树更加难能可贵,因而也更有兴致。

山路漫漫,边看边行,天色已晚,诗人自然关心到投宿的问题。然而“人家在何许”呢?——“云外一声鸡”。旧时人家皆养鸡犬,鸡鸣犬吠,都是报到人家远近的消息。这一声鸡带来的当然是欣喜,今夜投宿有着落了。不过鸡声是从云外传来的,也就是杜牧《山行》所说的“白云生处有人家”,看来还得加紧赶路。这就惟妙惟肖地写出了山行况味——包括人的思想活动。

诗纯乎白描,没用一个典故,对仗自然工整。前六句的写景可以说是“状难写之景如在目前”,末二句的写心可以说是“含不尽之意见于言外”。就写野兴而言,此诗接近李白少作《访戴天山道士不遇》:“犬吠水声中,桃花带露浓。树深时见鹿,溪午不闻钟。野竹分青霭,飞泉挂碧峰。无人知所去,愁倚两三松。”本篇结尾不啻青出于蓝矣。

东　溪

（宋）◎ 梅尧臣

行到东溪看水时，坐临孤屿发船迟。野凫眠岸有闲意，老树著花无丑枝。短短蒲茸齐似剪，平平沙石净于筛。情虽不厌住不得，薄暮归来车马疲。

作于仁宗至和二年(1055)，时作者丁母忧乡居宣城。“东溪”即宛溪，源出宣城东南峰山，至城东北与句溪合，此二溪即李白诗“两水夹明镜”之两水。诗为宛溪纪游之作。

开篇写春游乘船，行到宛溪，坐临洲渚，看水散心。“发船迟”即是归来迟，可见水边风物之美，足以流连忘返。此联平淡叙来，有如文句。

照亮全诗的是次联写所见洲渚景色，方回赞为“当世名句”，陈衍也说“的是名句”。本来“野凫眠岸”、“老树著花”是春来水乡野外常见的令人神怡的景物，只上句从“野凫眠岸”中体会出“有闲意”来，则是作者特定心境下的产物；下句亦然，不仅客观描写“老树春深更著花”的妙景，而且一反“老”、“丑”相连的常言，更出新意。好个“老树著花无丑枝”，不但是写景，而且反映了一种不伏老的风流名士的心态，一句诗尽收关汉卿[南吕一枝花]曲意。欧阳修尝说梅尧臣“文词愈清新，心意难老大。有如妖娆女，老自有余态”(《水谷夜行》)，则“老树著花无丑枝”也就是作者风流自赏、夫子自道。

三联继续写岸景，“短短蒲茸”即初生的菖蒲，故整齐似修剪过一般；“平平沙石”即常经溪水冲涤的细石河沙，故洁净如筛洗过一般。展示出极佳的生态环境。末联承篇首“发船迟”，言溪上风物虽使人流连忘返，但毕竟是晚归的时候了，回到城中时换乘马车，与乘舟看水就是两回事了。“车马疲”三字，有对车马征逐的城中生活的厌倦感，这是因为刚刚从大自然中返回，两种生活的对比太强烈的缘故。

初晴游沧浪亭

(宋)◎ 苏舜钦

夜雨连明春水生，娇云浓暖弄微晴。帘虚日薄花竹静，时有乳鸠相对鸣。

苏舜钦(1008—1049)，字子美，绵州盐泉(今四川绵阳)人，迁居开封。少以父荫补官。景祐元年(1034)进士。曾任大理评事，范仲淹荐为集贤校理、监进奏院。被劾除名，寓居苏州沧浪亭。后复为湖州长史。有《苏学士文集》。

此诗写于庆历六年(1046)春，诗人因参与新政受人构陷，革职为民，退居苏州，造亭园，以《孺子歌》之“沧浪”二字为名，寄寓作者洁身自好的志向。沧浪亭虽小，却是苏州建筑最早的园林。

诗写园林雨后初晴的景色。下了一夜春雨，雨停而池水上涨，园林生色不少。虽然天已放晴，气温有所回升，但天空还飘着白云。——“微晴”二字辨味很细。三句“帘虚日薄”承上句之“微晴”，“花竹静”启下句之“鸠鸣”，是重要的转关。末句写树上鸟窠中时有乳鸠对鸣，既衬托出园林的宁静，又为园林增添了生趣。

诗中表现了作者离开官场的纷争倾轧之后，沉浸在大自然的和平与宁静之中的乐趣。

北山

（宋）◎ 王安石

北山输绿涨横陂，直堑回塘滟滟时。细数落花因坐久，缓寻芳草得归迟。

“北山”即钟山，诗乃退居金陵之作。前二句写北山春色，着意写春水——水是山的眼波，没水的山就少了灵性，故写水即写山。“输绿”即送绿，“横陂”指池塘的坡岸，“直堑回塘”犹言直沟曲塘。两句说北山坡上草儿绿油油的，笔直的沟堑和池塘的曲岸边春水清盈盈的。这样的景色叫人看了不用说心情有多舒畅了。

后二句记游，表现的是诗人闲适悠游近乎贪玩的心情。贪玩到看见落花一片片飘地，居然一二三四计起数来，看它到底能落多少——不觉消磨了许多时间；一路上觉得草地爱人，走走停停，又消磨了许多时间。这一天玩得真是有点莫名其妙，但又觉自有妙处，难与君说。就造句而言，每句中自为因果（“因”是因而、“得”是所以）。用“细数落花”来摹写“坐久”，以“缓寻芳草”来解释“归迟”，不仅形象优美、构思精细，而且写尽闲适之情。

后两句各自都能从唐诗中找到措语类似的诗句，如王维的“兴阑啼鸟换，坐久落花多”、刘长卿“芳草独寻人去后，寒林空见日斜时”、杜甫“见轻吹柳毳，随意数花须。细草偏称坐，芳醪懒再沽”，仔细对读，又不完全一样。本来一个人的读书受用，有时就在无意的浸淫中，即使是即景即兴写个人生活经验，也可能在潜意识中受到古人启发。关键是这两句措语之工稳、意境之精妙都超过了前人，自有独到之处。

王安石（1021—1086），字介甫，晚号半山，抚州临川（今江西抚州）人。庆历二年（1042）进士。嘉祐三年（1058）上万言书，提出变法主张。神宗熙宁二年（1069）任参知政事，行新法。次年拜同中书门下平章事。七年罢相，次年再相；九年再罢相，退居江宁（今江苏南京）半山。封舒国公，旋改封荆，世称荆公。卒谥文。有《王临川集》等。

书湖阴先生壁

（宋）◎ 王安石

茅檐长扫静无苔，花木成畦手自栽。一水护田将绿绕，两山排闼送青来。

这是诗人退居金陵时题在友人杨德逢（别号湖阴先生）壁上的一首诗。

前二句赞美杨家庭院的清幽，值得注意的是“长扫”、“自栽”等字，暗示出主人亲近劳动、洁身自好与自甘淡泊的生活情趣，为下二句赞美湖阴的环境预为地步。

后二句是王安石诗中名句。这里写景首先运用了拟人描写的手法，“一水护田”而“两山送青”，“护”、“送”二字之妙，在于写出大自然对于田园情有独钟！“绿”、“青”两个颜色字用如名词亦妙，“绿”竟可以带其绕行，“青”竟然可以送其入户，颇具形象效果和艺术魅力。其次在造语上，“护田”、“排闼”（破门而入）这两个词俱出自《汉书》，前者出自《西域传》，后者出自《樊哙传》，都很生动，很有新意。后世诗家多赏其以“汉人语”对“汉人语”、不夹异代语，尚属细枝末节。

诗由户内写到户外，由近及远——三句绕向户外田园，四句则揽入更远处的青山，却说两山送青、破门而入，备极回环往复之妙。

出郊

（宋）◎ 王安石

川原一片绿交加，深树冥冥不见花。风日有情无处着，初回光景到桑麻。

此诗写春郊景色大异前人，美有独得。

诗中写的显然是春末夏初景象，前二句之妙不在“绿交加”，而在“不见花”。不见花于郊景似乎是有所遗憾了。后二句承此说，和风丽日本是情意绵绵的，这番情意应该给花的，现在可好，“没着处了”。但也没关系，风啊日啊都退而求其次，将它们的爱抚和温馨献给了田里庄稼——桑麻。

明明是说春天的花谢了，田里庄稼却一天好似一天，却偏偏编了这样一个“有情无处着”的爱情故事，其辞若有憾焉，其实乃深喜之也。绝句之妙，全在第三句。总之，这是一首极为别致、极富情趣的田园颂歌。王安石不但是一位杰出政治家，而且是一位很本色的诗人，此首小诗即可见出。

悟真院

（宋）◎ 王安石

野水纵横漱屋除，午窗残梦鸟相呼。春风日日吹香草，山北山南路欲无。

悟真院又名悟真庵，在钟山之东，八功德水（以有清冷香甘等八性得名）之南，环境清幽，是王安石退休后常去的地方。曾有诗云："暗香一阵连风起，知有蔷薇涧底花。"生动刻画了这一带的自然风光，可与参看。

乍看此诗四句皆景，前二句写水写鸟，后二句写风写草，然而其中亦融入情事，耐人含咏。悟真院附近除了八功德水外，还有许多纵横交错的溪涧，形成水系，乃此地独特的风光。"野水"点明水系的天然性，特饶自然之趣。"屋除"指禅院的台阶，纵有溪涧缭绕，若非打水冲洗，事实上不能漱洗屋除。"漱屋除"云云，状出悟真院一尘不染、清洁明净的环境。

次句是纪事，"午窗残梦"之不可少，在于它暗示出当日游倦有小憩之事，而小憩醒来，环境又给人以清新的感觉，这个感觉是通过"鸟相呼"表现出来的。若无"鸟相呼"，则"午窗残梦"未美；若无"午窗残梦"，则"鸟相呼"不新。亦见诗人造句老到。

然而诗的精彩还在三、四句，写景突破悟真院，而及于山北山南，满山春草，眼界顿宽。风吹草动，由风见草。春风日日吹，逼出香草日日长，写出春草生长的迅猛势头，一派生机，蓬蓬勃勃，不可扼止。读至"山北山南路欲无"，直令人神情一爽，草之长势全从一个"欲"字形出。同时，这句还表明悟真院是一清净之地，因为如果游众太多，哪怕本是草地，也会踩出一条路来的。

饮湖上初晴后雨

（宋）◎苏　轼

水光潋滟晴方好，山色空蒙雨亦奇。欲把西湖比西子，淡妆浓抹总相宜。

诗前二句即写西湖“初晴后雨”即雨后方晴、才晴又雨两番景色，后两句则用比喻以言西湖之美。读者既觉得其写景如画，又觉画图难足。

因为它不仅同时写了山光水色，还同时写了晴和雨。真正具体一点的是“潋滟”、“空蒙”两个形容词，由于它们抓住了最具特征的景物，因而能给读者以感性的暗示。然后诗人就运用比喻。这个比喻之妙，在于本体与喻体间差异太大，湖与人，如何能扯到一起呢？也许作者最初只从“西湖”的“西”字产生联想，偶而牵涉到“西子”，却突然发觉两者在任何状态下都美这点上，不正好相同吗？——西湖晴方好，雨亦奇；西子浓妆佳，淡妆亦佳。共同特征越不明显，比喻的创造性越大，效果越好。

周济《介存斋论词杂著》有一段脍炙人口的妙语：“毛嫱西施，天下美妇人也：严妆佳，淡妆亦佳，粗服乱头，不掩国色。飞卿，严妆也；端己，淡妆也；后主则粗服乱头矣。”所谓“严妆佳，淡妆亦佳”的说法，至少在潜意识上是受了苏轼此诗的影响。

苏轼（1037—1101），字子瞻，一字和仲，号东坡居士，眉州眉山（今属四川）人。苏洵子。嘉祐进士。曾上书力言王安石新法之弊，因作诗刺新法下御史狱，贬黄州。哲宗时任翰林学士，曾出知杭州、颍州，官至礼部尚书。后又贬谪惠州、儋州。历州郡多惠政。卒谥文忠。有《东坡七集》、《东坡易传》、《东坡书传》、《东坡乐府》等。

鹧鸪天

（宋）◎苏　轼

林断山明竹隐墙，乱蝉衰草小池塘。翻空白鸟时时见，照水红蕖细细香。　　村舍外，古城旁，杖藜徐步转斜阳。殷勤昨夜三更雨，又得浮生一日凉。

苏轼《与子由书》有言："任性逍遥，随缘放旷。"轼乃性情中人，而又极具理智，所以豁达。豁达是对人生的热爱和对生命的珍视，这在他的作品中随处可见。本词作于谪居黄州时期。上片四句，写出幽静与明丽的山水田园景物，都饶有趣味，见出作者的赏爱之心。其中"乱蝉衰草小池塘"，乃当日所见的秋天实景，读者不必以衰飒凄凉之意目之。它与"翻空白鸟时时见，照水红蕖细细香"是处于同一时间、空间里的不同物种的生命之一段过程。"翻空"一联对偶句写景，十分生动，一写空中飞禽，一写水上植物，布局、景物略同唐代朱庆馀诗："青蒲映水疏还密，白鸟翻空去复回。尽日与君同看望，了然胜见画屏开。"（《与庞复言携酒望洞庭》），但朱诗只写了视觉形象，苏词有视觉，还写了嗅觉。"细细"形容香味，从杜诗化来，杜甫《严郑公宅同咏竹得香字》有"雨洗娟娟净，风吹细细香"句。苏词之"时时"、"细细"语，既写自在之物，又传品玩之情。下片换头三句，见出词人杖藜徐行、流连光景的闲情逸致。结尾"殷勤"二句，表现了欣然领受大自然对生命之惠施的旷达之怀。郑文焯《大鹤山人词话》说："渊明诗：'啸傲东轩下，聊复得此生。'此词从陶诗中得来，逾觉清异。"俞陛云《唐五代两宋词选释》赞其"情真景真，随手写来，盎然天趣"，深得其味。

三衢道中

（宋）◎曾 几

梅子黄时日日晴，小溪泛尽却山行。绿阴不减来时路，添得黄鹂四五声。

曾几（1084—1166），字吉甫，号茶山居士，河南（今河南洛阳）人。其先居赣州（今江西赣县）。入太学，后任将郎，赐上舍出身。南宋初，提刑江西、浙西。官至敷文阁待制，以通奉大夫致仕。谥文清。有《茶山集》。

这是一首纪行写景绝句。“三衢”即衢州（属浙江），因境内有三衢山而得名。

前二句叙天气和行程。梅子黄时在江南属初夏季节，一般为阴雨天气，故赵师秀有“黄梅时节家家雨”（《约客》）之句。此言“梅子黄时日日晴”，则说明天气特殊，另一方面也表明天气晴和，为下文写旅途风光的清新张本。作者的行程是由水转陆，由乘舟转山行，“却”字有转折的意味，把行程变换引起的新鲜喜悦之感隐约传出。

后二句正写三衢道中之景。“来时路”三字省净地暗示前不久曾走过这条路，这一次是沿原路回去。由于时节由春天进入初夏，景色也有一些变化，来时所看到的绿阴更深，已经听得见黄鹂的歌唱。

山行看到漫道绿阴，听见几声黄鹂歌唱，这本是最平凡不过的事了。关键在于诗人通过回忆来路所见，与眼前景物以比，用“不减”、“添得”字面勾勒，写出了回程的新鲜感，这就使平凡的景物平添了诗趣。

秦观（1049—1100），字少游，又字太虚，号淮海居士，高邮（今属江苏）人。“苏门四学士”之一。元丰八年（1085）进士。曾任秘书省正字，兼国史院编修官等职。坐元祐党籍，累遭贬谪。有《淮海集》。

点绛唇

（宋）◎秦　观

醉漾轻舟，信流引到花深处。尘缘相误，无计花间住。
烟水茫茫，千里斜阳暮。山无数，乱红如雨，不记来时路。

刘熙载论词，谓词要“空诸所有”（这叫做“清”）而又“包诸所有”（这叫做“厚”）。这一点对于小令似乎特别重要。秦观这首《点绛唇》是较好的一例，它不但绝少情语，就是写景也没有具体细微的描画，似乎一味清空。细味之，却又觉得它言外有余意，义蕴深厚。

这首词汲古阁本题作“桃源”。词的首二句确乎有似于《桃花源记》的开篇：“缘溪行，忘路之远近。忽逢桃花林……”“醉漾轻舟，信流引到花深处”，把读者带到一个优美的境界，这儿似乎是桃源的入口。人在醉乡，且是信流而行，这眼前一片春花烂漫的世界当是个偶然发现。又似乎是一个好梦：“春路雨添花，花动一山春色。行到小溪深处，有黄鹂千百。”（《好事近·梦中作》）一种愉悦的心情也就见于如此平淡的语言之外。同时而起的，却又有一阵深切的遗憾：“尘缘相误，无计花间住。”“尘缘”自是相对灵境而言的，然而，联系到作者“屡困京洛”（《碧鸡漫志》卷二）的坎坷身世，又使人感到它有所寄托。“名缰利锁，天还知道，和天也瘦”（《水龙吟》），那“名缰利锁”，正是尘缘的具体内容之一。长调固不妨具体些，而此处只说“尘缘相误”，隐去正意，便觉空灵，正“以不犯本位为高”(《艺概》卷四)。三、四句与前二句，一喜一慨，词情便摇曳生姿，使人为之情移。

下片一连四句写景，没有用力痕迹，俱属常语淡语之类。然而“烟水茫茫，千里斜阳暮”却勾勒出一幅“斜阳外，寒鸦万点，流水绕孤村”(《满庭芳》)一样的“销魂”的黄昏景象。“千里”、“茫茫”尤给人天涯飘泊之感。紧接一句“山无数”，与“烟水茫茫”呼应，构成“山重水复疑无路”的境界，这就与上片“尘缘相误”二句有了内在的联络。值此迷惘之际，忽然风起，出现“乱红如雨”(李贺《将进酒》“桃花乱落如红雨”)的萧飒景象，原来是残春时节了。一句一景，蝉联而下，音节急促，恰状出人情之危苦。合起来，这几句又造成一个山重水复、风起花落、春归酒醒、日暮途远的浑成完整的意境。如此常语淡语，使人“咀嚼无滓，久而知味”(《词源》卷下评秦词)。虽然没有明写欲归之字，而欲归之意在在皆是。结句却又出人意外地转折出欲归不得之意：“不记来时路。”只说“不记”，更为耐味。虽是轻描淡写，却使人感到其情蕴深沉，曲折地反映出备受压抑而不能自解的作者，在梦破后无路可走的深深的悲愁。

虽是写“桃源”，由于处境与胸次各异，秦词与陶诗风貌就完全不同。“久在樊笼里，复得返自然”的陶潜笔下，处处流溢出一个精神上有所归宿的人的自得情怀；而“醉卧古藤阴下，了不知南北”的秦观笔下，却时时纠结着一个缺少精神支柱的失意者的迷惘与悲哀。这首小令以轻柔优美的调子开端，“尘缘”句以后却急转直下，一转一深，不无危苦之词，就很典型地反映了这种心境。因而，它自然能在千百年里引起那无数失意彷徨之士的感情共鸣。

好事近·渔父词

（宋）◎ 朱敦儒

摇首出红尘，醒醉更无时节。活计绿蓑青笠，惯披霜冲雪。

晚来风定钓丝闲，上下是新月。千里水天一色，看孤鸿明灭。

朱敦儒(1081—1159)，字希真，号岩壑，洛阳（今属河南）人。早年隐居不仕。绍兴三年(1133)补右迪功郎。五年(1135)，赐同进士出身，为秘书省正字、擢兵部郎中，迁两浙东路提点刑狱。秦桧当国时除鸿胪少卿，桧死，亦废。晚居嘉禾。有《岩壑老人诗文》、《樵歌》等。

朱敦儒于高宗绍兴十九年(1149)离开朝廷后，长期寓居嘉禾(今浙江嘉兴)。《宋诗纪事》引《澄怀录》："陆放翁云：'朱希真居嘉禾，与朋侪诣之。闻笛声自烟波间起，顷之，棹小舟而至，则与俱归。室中悬琴、筑、阮咸之类。檐间有珍禽，皆目所未睹。室中篮缶贮果实脯醢，客至，挑取以奉客。'"可见作者当时全然过着一种世外桃源式的生活。他前后写了六首渔父词(均调寄《好事近》)来歌咏这种闲适生活的情趣。这是其中的一首。

开头一句表明自己放弃官场生活的坚决。"摇首"二字很形象，既对"红尘"(尘世，这里指官场)否定，又不置一辞，这是一种轻蔑不屑的态度，亦如杜甫《送孔巢父谢病归游江东》诗所云"巢父掉头不肯住，东将入海随烟雾"之意。何以如此，词人未说，只好让读者自去体味。紧接的一句只把原因推到自己的志趣与官场格格不入。晋时嵇康就数过官场之"七不堪"："卧喜晚起，而当关呼之不置，一不堪也；抱琴行吟，弋钓草野，而吏卒守之，不得妄动，二不堪也……"(《与山巨源绝交书》)。总之，披红着紫，就必须严守官场制度，醒醉都要受节制的。这对于"天姿旷远，有神仙风致"(《花庵词选》赞作者语)的人物当然是一种束缚。一旦"摇首出红尘"，做了个烟波钓徒，才能"醒醉更无时节"。这两句语言明快质朴，同时又极传情，一种超脱尘世的轻快感溢于言表。

三、四句则进而写渔父生活，使人想起两首著名的唐人诗词——张志和《渔父》词和柳宗元《江雪》诗。其实，渔父生涯既不全然像"青箬笠，绿蓑衣，斜风细雨不须归"写的那样浪漫，又不全像"孤舟蓑笠翁，独钓寒江雪"写的那样苦寒。"绿蓑青笠"，白鹭桃花，固然可悦；"披霜冲雪"，独钓寒江，也很习惯。总是恬淡自适。这样写来，实兼张志和词和柳宗元诗的境界而折中之，颇具概括之妙。

渔父的志趣和生活概貌有了一个总的交待，后片便切取一个断面，进一步表现闲适生活的可爱。江湖上也有风浪，"已佩水仙宫印，恶风波不怕"(同调词)等句，都表明这一点。但与官场风波比较，则"江头未是风波恶"(辛弃疾)。而到"晚来风定"时候，更有一番景致：新月当空，钓丝不动，水平如镜，上下天光，表里澄澈。作者用洗炼的笔墨勾勒出一幅清雅的图画。这境界是静的，所有的景物都表现着这一特点："钓丝"是静的("闲")；"上下是新月"，可见水也是静的，静得连波纹也没有……而在这幅静态的画面上，作者最后加上奇妙的一笔：一只缥缈的孤鸿，明灭于远空，那是静的背景上的一个动点，而它的动感不是来自位置的移动而是来自光线的变化。这小小一点便使如画的词境更其安静、清丽、美妙。

仅说后片如画还不够，这画境还具有一种象征的意义。那风平浪静的江景，显然是词人"澄怀"的反映；那"缥缈孤鸿影"，也是一个自由出没于江上的幽人的写照。

宿新市徐公店

（宋）◎ 杨万里

篱落疏疏一径深，树头新绿未成阴。儿童急走追黄蝶，飞入菜花无处寻。

杨万里(1127—1206)，字廷秀，号诚斋，吉州吉水（今属江西)人。“中兴四大诗人”之一。绍兴二十四年进士。孝宗初，知奉新县，历太常博士、太子侍读等。光宗即位，如为秘书监。有《诚斋集》。

此诗写的是作者在新市(在今湖南攸县北)一家姓徐的客店住宿时，所看到一幅村野情景，妙在童趣。

前二句展示了一幅富于特征性的农舍景象，沿路的田地有疏疏的篱笆，树头的花已谢了，但树叶还不很茂盛，这是寒食前后的景象，也是日暖昼长蝴蝶飞的时节。后二句即写在小路上看到农村儿童捉蝴蝶的情景。诗味全出在“黄蝶”遇难，“菜花”相救的情节上。黄蝶飞入黄花丛中，造成视觉的紊乱，令飞跑的儿童迷失了追捕方向。

诗人敏捷地捕捉住这一有趣的细节，设计了一个富于童趣的情节，读来兴味盎然。诗中黄蝶入花、儿童傻眼的情态如见；而诗中大人对小孩“幸灾乐祸”的神情也跃然纸上，令人忍俊不禁。

闲居初夏午睡起

（宋）◎ 杨万里

梅子留酸软齿牙，芭蕉分绿与窗纱。日长睡起无情思，闲看儿童捉柳花。

夏日午觉醒后，不免仍存睡意，没有心思干事，而诗人当时丁忧家居，处于闲适的生活中，“日长睡起无情思”便是实感。然而此诗的好处却在从“无情思”中翻出许多情思，而又不动声色。善于捕捉琐细的题材和描写细腻的生活感受，原是杨万里的特长。

诗人在午睡前可能饮过酒，并食梅解酲，故一觉醒后，齿间尚有余酸。这种感觉本难名状，大致上下牙接触有不适感，不能咀嚼硬物，俗语谓之“倒牙”，而一个“软”字，恰好写出了这种感觉。这是醒后的第一感觉——味的感觉。古人窗纱多用绿色，日子久后便会褪色，而盛夏芭蕉浓绿充盈，掩映窗外，就使得窗纱变深，似乎是芭蕉分给它一些绿色。这是醒后另一感觉——属于视觉。两句中“留”、“分”二字，赋客观以主动，很有情趣。以下就垫了“日长睡起无情思”一句。绝句做法以第三句为转关，第四句则是结穴所在——“闲看儿童捉柳花”。户外儿戏当然是诚斋看到的眼前事，而在造语上，则本白居易“谁能更逐儿童戏，闲看儿童捉柳花”。但白诗表达的是一种清醒的遗憾，此诗易“谁能”为“闲看”，在无法参与之外，别有歆羡之意在，诗人至少在感情上参与儿戏，并得到重返天真的乐趣。

人生旅途中，成人者的最大遗憾，莫过于丧失了早年的那份童心、童真与童趣。不少诗人画家，只能通过笔来追摩重温那已逝的情景，近人如知堂《儿童杂事诗》、子恺漫画，皆有妙谛。中国古代诗人兴趣在此的并不多，著名的如左思《娇女诗》、杜甫《北征》片断、李商隐《骄儿诗》等，代不数人，人不数作。而诚斋绝句中却有不少儿童题材的传神之作，如此诗，究其创作动机或并不起于午睡后的烦闷，而起于后来见到儿戏时瞬间的精神交通，儿童的天真无闷与成人生活中的虚假无聊，适成鲜明对照，诗人由此得到一种感召和精神上的复归。据说张浚读此诗，赞道：“廷秀胸襟透脱矣！”当是就这种自我超越而言的。

桑茶坑道中

（宋）◎ 杨万里

晴明风日雨干时，草满花堤水满溪。童子柳阴眠正着，一牛吃过柳阴西。

杨万里诗多即兴偶成于道途闻见中，所谓“万象毕来，献余诗材”。此题下共得诗八首，此其七。写桑茶坑（地名，顾名思义，谷多桑茶也）道中所见小放牛的情景。

前二句写天气和风光。春雨初晴，堤上草茂，溪中水满，是放牛的好去处。后二句写牛儿草地上啃草，牧童在柳树下睡大觉，这是春暖郊野常见情景。诗人通过写一个“柳阴眠正着”，一个“吃过柳阴西”相对照，以“柳阴”为定点，写出了时间推移的过程，为画图难足。同时还表现了牧童既无人管、也不管牛，人也自在、牛也自在，睡的放心、吃的听话，睡的睡得香、吃的吃得香等等生活情趣，表现得十分够味。

“活法”云者，首先是富于生活气息，其次是活泼泼的语言和表达方式，诚斋之活法，此首小诗足可见之。

四时田园杂兴（录六）

（宋）◎ 范成大

其　二

土膏欲动雨频催，万草千花一晌开。舍后荒畦犹绿秀，邻家鞭笋过墙来。

这一组田园诗原本六十首，题下原序："淳熙（1186）丙午，沉疴稍纾，复至石湖旧隐。野外即事，辄书一绝，终岁得六十篇，号四时田园杂兴。"本篇为春日田园杂兴，从自己的住宅说起，描写初春万物复苏的生机。前二句是大笼罩。首句写大地解冻，好雨应时，是天上地下一齐动作；次句紧接写万草千花漫山遍野席地而来，直是迅速，好像电影特技中的低速镜头。

后二句是特写，镜头转到院子一角。通过邻家鞭笋穿墙根而入，形象地表现了植物在萌发过程中的生命力之强大，以及春的生机之压抑不住。与叶绍翁"满园春色关不住，一枝红杏出墙来"异曲同工，更具乡村气息。

其十五

蝴蝶双双入菜花，日长无客到田家。鸡飞过篱犬吠窦，知有行商来买茶。

本篇为晚春田园杂兴，写采茶季节的村舍光景和行商收购茶叶的活动。前二句写农舍晚春光景。首句写蝴蝶穿飞于菜花，是抓住了晚春风光特色的；次句写田家日长人静，并非闭门谢客，而是全体出动忙活（包括采茶）去了。在写行商到来之前，先写无人，后二句写行商收购茶叶之事，适有空谷足音之喜。

宋代官府控制茶叶买卖，行商只有在获得官方发给的许可证（长引、短引）后，才能下乡收购，农民采下的新茶也要依靠他们进入流通领域。这本是毫无诗意的事，诗人通过农家的鸡飞狗叫来报道行商到来的信息，顿时产生了浓厚的生活气氛和诗味。

范成大（1126—1193），字致能，号石湖居士，苏州吴县（今属江苏）人。"中兴四大诗人"之一。绍兴二十四年（1154）进士。历任处州知府，知静江府兼广南西道安抚使，四川制置使，参知政事等职。曾使金。晚居故乡石湖。有《石湖居士诗集》、《石湖词》、《桂海虞衡志》、《吴船录》等。

其三一

昼出耘田夜绩麻，村庄儿女各当家。童孙未解供耕织，也傍桑阴学种瓜。

本篇通过农村青少年的活动反映农忙季节的农村生活习俗。首二句言农村青年不误农时，各司其职。“村庄儿女”是指尚未婚配的农村青年男女，其于耕耘纺绩，各各在行。末二句抓住农家年龄层次更小的儿童活动来写，意味更长，正如“兵家儿早识刀枪”一样，农村儿童对农业劳动耳濡目染，无师自通。他们的游戏也以劳动为摹仿的对象。“也傍桑阴学种瓜”便写出了农家孩子在大人们的影响下对农业劳动萌发的兴趣和主动参与。这样的活动具有自愿性和自娱性，孩子们天真淳朴的情态如见。诗人就通过这样一种典型的生活情事，写出了劳动者对劳动的热爱。

其三五

采菱辛苦废犁锄，血指流丹鬼质枯。无力买田聊种水，近来湖面亦收租。

本篇写水乡农人的遭遇，揭露封建剥削的无孔不入。采菱是一种历史悠久的生产活动，唐诗中就经常写到采菱的场面，不过多是美丽的采菱姑娘荡舟于绿水之上，颇具诗情画意。而范成大却从严酷的现实出发，写出采菱劳动的艰苦和阶级矛盾的尖锐。采菱主要靠徒手操作，犁锄派不上用场，而菱角有尖芒，手指有时会被划破的，以“流丹”形容“血指”，给人鲜血淋漓、惊心动魄的刺激感，“鬼质枯”三字也很形象，也就是瘦得不像人。采菱者多是失去土地的劳动者，既无力买田，同时也不佃田——因为不堪沉重的地租剥削的缘故。原来湖面种菱是不收租的，所以尽管辛苦，犹不失为一条活路。这里“种水”是比照“种田”生造的词儿，却显得简括新颖，符合平仄要求。殊不知好景不长，苛政象瘟疫一样蔓延到湖上：“近来湖面亦收租。”往后的日子怎么过呢，诗人就此打住，妙在不言。这首诗使人想起唐人名句：“渤澥声中涨小堤，官家知后海鸥知”（陆龟蒙《新沙》）、“纵使深山更深处，也应无计避徭征”（杜荀鹤《山中寡妇》）。

其四十

静看檐蛛结网低，无端妨碍小虫飞。蜻蜓倒挂蜂儿窘，催唤山童为解危。

这是一首禽虫诗，属夏日田园杂兴，体仿白居易，同时杨万里集中亦多此类。诗中“催唤山童为解危”的，必是看见“蜻蜓倒挂蜂儿窘”而心有不忍的老诗人；也不妨理解为那情景本身，就像是蜻蜓和蜂儿在向山童求救，极有闲情逸趣，此种诗不让诚斋独步。

其四四

新筑场泥镜面平，家家打稻趁霜晴。笑歌声里轻雷动，一夜连枷响到明。

此诗写打稻时节农人忙碌而快活的情景，亦属夏日田园杂兴。前二句写打稻的准备工作。首先是筑场，“镜面平”以比喻形容写出晒场平整光洁的事实，还写出劳动者对亲手创造的成果的一种审美愉悦。一个“趁”字，写出收获季节须抢农时的情况，也写出一种争先恐后的劳动热情。“霜晴”二字来自生活经验，非随意可得。

后二句写如何“趁霜晴”，原来是连夜赶晚地干。“笑歌”句表明劳动虽然累，但天公作美，农人心情是愉快的，“连枷”是古老的脱粒工具，至今未废，以“轻雷动”形容劈劈拍拍的打场声极美，犹如轻柔和谐的和声。真正的雷声，哪怕是轻雷绝没有这样悦耳的效果，因为它会引起切身利害的思虑。唯其是似雷非雷，才有如此美妙的听觉效果。农民是辛苦的，然而风调雨顺之年，由于生活会相对改善，也会给他们带来一些喜悦。此诗通过劳动场面，写出了真正意义上的农家乐，与王禹偁写春种的“各愿种成千百索，豆萁禾穗满青山”之句，有异曲同工之妙。

游山西村

(宋)◎陆 游

莫笑农家腊酒浑，丰年留客足鸡豚。山重水复疑无路，柳暗花明又一村。箫鼓追随春社近，衣冠简朴古风存。从今若许闲乘月，拄杖无时夜叩门。

陆游（1125—1210），字务观，号放翁，越州山阴(今浙江绍兴)人。“中兴四大诗人”之一。绍兴中应礼部试，为秦桧所黜。孝宗即位，赐进士出身，曾任镇江、隆兴通判。乾道六年（1170）入蜀，任夔州通判。乾道八年，入四川宣抚使王炎幕府。官至宝章阁待制。晚居山阴镜湖。有《剑南诗稿》、《渭南文集》、《南唐书》、《老学庵笔记》等。

作于孝宗乾道三年(1167)因符离之败落职居乡时，是一首纪游之作。当时陆游居住在绍兴西郊镜湖畔之三山，题中之村即在三山西面。

首联通过热情待客，写丰年农家的快乐。这不是一般意义上的好客，而是所谓“穰岁之秋，疏客必食”。在语气上，则描摹农家留客口吻，与“故人具鸡黍，邀我至田家”的纯叙述不同，上句带几分自谦，下句带几分自炫，惟妙惟肖地反映出农家衷心的喜悦。

次联写到村的经过。与“绿树村边合，青山郭外斜”的纯写景不同，在写景中寓有生活哲理。“山重水复”两句首先来自水程实感，所谓“舟行若穷，忽又无际”(柳宗元)，而且还象征着事物在发展过程中，经常会遇到暂时的困惑或停滞的阶段，然而只要继续探索，经过一阵徘徊，总会有豁然开朗的时候。

前人写类似生活实感的人不少，如王维“遥爱云木秀，初疑路不同。安知清流转，忽与前山通”，耿沛“花落寻无径，鸡鸣觉有村”，强彦文“远山初见疑无路，曲径徐行渐有村”，王安石“青山缭绕疑无路，忽见千帆隐映来”等等，但都是着重叙述这种生活经验，没有一个写得像陆游这样富于理趣。用“山重水复”来写“疑无路”，以“柳暗花明”（出武元衡诗）来写“又一村”，不但对仗工稳，而且概括性强、象征性显，大有“踏破铁鞋无觅处，得来全不费工夫”的味道。流水对的形式，又赋予诗句以灵动之气。

三联写山西村百姓的“社会”活动，以节日气氛更为具体生动地写出了好年头带来好兆头，为孟浩然《过故人庄》所无。“春社”是古代农村祭祀土地神和五谷神的节日，村民吹吹打打，群众追随围观，名为娱神，实亦自娱。“衣冠”是人的精神面貌的反映，诗人抓住“简朴”的特征，就写出了淳朴节俭、不事华靡的劳动人民的本色。

末联写告别语，与《过故人庄》略近。但这里表现的是对村民在感情上的认同，也就是说在感情上打成一片。作为一个士大夫，是十分难能可贵的。这也是陆游爱国主义思想的一个重要组成部分。

诗不但思想境界、情感内容明朗健康，而且富于理趣，留意民俗，语言精炼、清新、流畅，在唐宋七律中是独具特色的佳作。

鹧鸪天

（宋）◎ 陆 游

懒向青门学种瓜，只将渔钓送年华。双双新燕飞春岸，片片轻鸥落晚沙。 歌缥缈，橹呕哑，酒如清露鲊如花。逢人问道归何处，笑指船儿此是家。

欧阳修曾经说过，“凡士之蕴其所有而不得施于世者，多喜自放于山巅水涯”（《梅圣俞诗集序》）。有着一腔报国热情和高远识见的陆游，在乾道元年（1165）二月于镇江通判任上作的与韩无咎《京口唱和序》中就自云：“予老益厌事，思自放于山巅水涯，与世相忘。”陆游何以出此言？原来有前两年间的大背景在：宋军符离之役用兵失败，宋金议和，陆游无比失望，曾一度回故乡山阴，自号“笠泽渔隐”。乾道元年夏，调隆兴通判。二年春，便因曾“力说张浚用兵”之罪，免隆兴通判。于是陆游又回到故乡，卜居于风光秀美的镜湖之滨、三山之下。这首《鹧鸪天》词，果真就是“自放于山巅水涯”之作了。明乎此，并由此意入，即可慢慢咀嚼出个中滋味来了。读者一试。

鹧鸪天·代人赋

（宋）◎ 辛弃疾

陌上柔桑破嫩芽，东邻蚕种已生些。平冈细草鸣黄犊，斜日寒林点暮鸦。　　山远近，路横斜，青旗沽酒有人家。城中桃李愁风雨，春在溪头荠菜花。

辛弃疾（1140—1207），字幼安，号稼轩，济南历城（今山东济南）人。绍兴三十一年（1161），聚义抗金，归耿京，为掌书记。奉京命奏事建康，京为张安国杀害，擒诛安国。次年率部渡淮南归。历任湖北、江西、湖南、福建、浙江安抚使等职。有《稼轩长短句》。

现实无情地迫使辛弃疾违背了“求田问舍，怕应羞见，刘郎才气”的初心，在将近二十年退隐生活中，他先后在上饶、铅山营造了相当宏丽的住宅。长期接触农村生活，心情上不期然而然地与农民发生了共鸣，这首词写的就是他的农村生活观感。

残冬过尽，春气萌动。词人没有一般地去描写初春物候，而是通过新蚕新桑这两种相关的农事和景物，宣布春来的消息，这一敏锐的观察和发现，洋溢着浓郁的生活气息。“柔”、“嫩”等字富于质感，一个“破”字则很有力度，生动地状出了桑芽新生给人的美好感觉。说蚕种“生些”与说柔桑初破一样，突出的是一个“早”字。或注“些”为语助词，是不妥的，除仿楚辞体如《水龙吟》“听兮清佩琼瑶些”的“些”确属语助外，《鹧鸪天》（和吴子似山行韵）“酒病而今较减些”及本词“东邻蚕种已生些”的“些”，都是少许的意思。唐宋人写早梅云“前村深雪里，昨夜一枝开”（齐己）、“墙角数枝梅，凌寒独自开”（王安石），与此咏异理同。正是若要早，须是少；若不少，便不早。

“细草”、“黄犊”，皆属初生，同样着眼在一个早字。最有意味的，是词人在写了三句初春好景后，却添一句“斜日寒林点暮鸦”，似乎象征着残冬留下的最后一点儿衰飒，在明朝艳阳升起的时候，就会被熏风扫荡。上句有一个“鸣”字写声有悦耳之感，此句有一个“点”字形容鲜明如画，都是吃紧的字眼。

上片已成功地表现出早春是美好的，新生事物是美好的，农村是美好的，下片更通过“山远近，路横斜”的简笔勾勒，把读者带到了村居的酒家，一个快乐的所在。这里的空气清新，人际关系单纯，气氛和谐，连吃酒也可以记账，与城市里受车马风尘污染的空气，官场尔虞我诈的人际关系，潜伏的杀机，赤裸裸的金钱交易形成鲜明对照。那突然闯入眼帘的酒家标志和怒放于溪头的荠菜花，使词人产生了新异之感，觉得野花从没有今天这样美，城中的桃李从没有像今天感到的这么脆弱可怜。“城中桃李愁风雨，春在溪头荠菜花”就高声宣布了词人这一新的发现，不仅体现了一种健康朴素的审美观，同时也表现了作者的人格精神与价值取向，富于哲理意味，给人以多方面的感发和启迪。

稼轩长短句中还有一首与此词同调同意之作，题为“游鹅湖醉书酒家壁”，邓广铭系于淳熙十五年前，读者可对照玩味：“春入平原荠菜花，新耕雨后落群鸦。多情白发春无奈，晚日青帘酒易赊。　　闲意态，细生涯，牛栏西畔有桑麻。青裙缟袂谁家女，去趁蚕生看外家。”这一首较重于叙事，在理趣上要逊色一些。

清平乐·村居

（宋）◎ 辛弃疾

茅檐低小，溪上青青草。醉里吴音相媚好，白发谁家翁媪。
大儿锄豆溪东，中儿正织鸡笼。最喜小儿无赖，溪头卧剥莲蓬。

近世诸多选本，对于该词所描绘的清新的农村生活画面、逼真传神的人物情态及其白描手法、艺术结构等，都作了很高的评价，看法大致类似，可见这些方面确实是该词突出的特征。

但有的分析太胶着于字面，所以讲得过于死板。例如，根据词中所写到的人物，就认定这是五口之家。又如认定该词是辛弃疾闲居江西上饶之作，就肯定是写上饶的农村，因与词中“吴音”冲突，就辩说上饶春秋时代属吴国；又有人大概觉得“吴音”不切合地域，干脆取另一版本，改“吴音”作“蛮音”。又如词描写的景物环境，一般仅识及茅檐、溪、青草的构成。凡此，对文学创作思维规律与语言艺术表现范围的认识理解，多少存在一些问题。

词的字数有限，作者只能选取适合一定情意的有关人事来写，写到了五个人，不意味着这个家庭只有五口人：老两口、三个儿子。白发翁妪，是全家最年长者。“颁白者不负戴于道路”，“老者衣帛食肉”，选取他们来写，是作者的理想和愿望，自然有不同寻常的意义。以“醉里吴音相媚好”出之，还不仅此意。这对翁媪老有所养，老有所乐，老来仍恩恩爱爱，亲密幸福；后辈对他们的敬重孝顺，也不言而喻。下片写三个儿子的劳动，词人是取用汉乐府《相逢行》“大妇织绮罗，中妇织流黄。小妇无所为，携琴上高堂”的写法，宋人张侃《跋拣词》说：“古乐府有三息诗，杜工部用于诗，辛待制用于词，各臻其妙。”

这首词并非全然写实，无须因“吴音”一词认定一定是写江西上饶的农村，或是写江浙农村。春秋时代上饶虽属吴国，语音的影响到南宋时代到底还有多少？上饶地方音与“吴音”相去甚远。用“吴音”一词，是取其诗性之美，“吴音”具诗性之美，有着长期的历史文化心理认同。辛弃疾既精晓传统诗词中“吴音”的诗性情韵，又曾长期仕宦行旅于江浙等地，感同身受。词既写广义的江南农村，词中特取众所周知的“吴音”的婉转柔美内涵，来表现翁媪的亲悦，极易唤起读者对其声情谐和的美感。至于“蛮音”，则缺乏这种诗性的美感，“蛮音”并不具体指南方哪一音，而且“蛮”的称呼容易唤起一种地域和民族情感上的不融洽、不和谐意识，则既与词的基调不合，也会对作为北方人的辛弃疾的精神境界造成贬损。

词中的景物环境，除了明写的茅檐、溪、青草，还有暗写的，其手法高明，耐人含咏赏味。“大儿锄豆溪东”，农作物自然是一景；“溪东”之“东”字，很有一种田园诗境的包蕴。田地以东、南向阳之地为美，这在传统诗词中常常见到。本词“锄豆”事着于“东”，知稼穑也。于理不悖，则田园风味更显真淳，而且容易唤起读者对于诸如“东皋”、“东田”、“东坡”、“东篱”、“东园”之类田园诗境的联想，意趣无穷。“中儿正织鸡笼”，编制鸡笼，实已暗写了鸡，甚至可能是因鸡群增长的需要而进行的劳作。鸡是家禽的代表，也是农家副业的典型事物，并且它们的存在和活动，是农村一景，增添了浓郁的田园气息。“溪头卧剥莲蓬”，则暗示了荷。草且青青的时节，则莲叶正田田；莲蓬可剥，却也还有莲花在开着。如此景物环境，岂可视而不见乎？

景物的暗写既含蓄有味，又节省笔墨，是诗词创作三昧之法，读者品味时，万不可轻易弃之。

西江月·夜行黄沙道中

（宋）◎ 辛弃疾

明月别枝惊鹊，清风半夜鸣蝉。稻花香里说丰年，听取蛙声一片。　　七八个星天外，两三点雨山前。旧时茅店社林边，路转溪桥忽见。

辛弃疾之前，苏轼的《次韵蒋颖叔》和《杭州牡丹开时……》两首诗中都有“月明惊鹊未安枝”句，非常明显地是化用曹操《短歌行》“月明星稀，乌鹊南飞。绕树三匝，何枝可依”的意象和意蕴，表现士人的一种飘泊情怀。辛弃疾的这首《西江月》词首句“明月别枝惊鹊”，从景象上看，确实与苏轼诗句非常相近。尽管辛弃疾的人生更有一种多年飘泊、归依无着的实情，在他的其他诗词中，亦可见这种实情所引发的苦闷、彷徨，但是在这首词中，细细品玩，却丝毫不涉及这一情思。“明月别枝惊鹊”只在描绘一种景象，即作者夜行黄沙道中所见。如果说与苏轼诗句有联系，仅仅是景象的化用而已，与意蕴无关，倒是与王维《鸟鸣涧》“月出惊山鸟，时鸣春涧中”诗意更为接近。因为辛弃疾无疑非常熟悉苏轼和王维的诗，现在突然间看到明月出来惊动了路旁树枝上栖息的鹊鸟，这一新奇的景象令作者心灵为之一动，一下子凑泊了头脑中存储的苏轼和王维诗句的景象，于是很自然地产生了这一词句。

明月何以会使鸟鹊"惊"？让我们先看看下阕"七八个星天外，两三点雨山前"二句，原来当晚的天空并非一晴如洗，而是有一些较低的移动着的云团，但又不是完全遮蔽了天空的乌云。在云团之间的空隙处，时而能看见深邃的夜空中的一些星星。由于云层低，更加衬托出星星的遥远。所以给人以星星在"天外"的感觉。有的云团飘过作者行经的山前，还会突然间洒下一些雨来。这种夏日夜晚相类似的景象，五代卢延让《松寺》不是也描绘过吗："两三条电欲为雨，七八个星犹在天。"语言简易，却天然真切。辛弃疾有会于心，于是妙手点化出了"七八个星天外，两三点雨山前"来，借用陈廷焯的话来评价，"的是夜景"（《词则·别调集》卷二）。

于是我们明白了，明月并非一直照耀着，而是云团移开时，月光陡然照射下来，暗与明突然间的变化，对比强烈，使得栖息的鹊鸟受了惊。倘若入夜以来明月便一直都照耀着，或明月缓缓升起，鸟儿是适应的，白居易《清夜琴兴》诗道"月出鸟栖尽"，就有这个道理。而周邦彦《蝶恋花》词"月皎惊乌栖不定"，就符合我们所说的情形。因此，辛词写景有着极强的真实感，观察细致入微，胸中积淀又丰厚，加之大手笔概括力强，"所见所闻，信手拈来都呈异彩。总由笔力胜故也"（陈廷焯《词则·别调集》卷二）。

双调·骤雨打新荷

（金）◎ 元好问

绿叶阴浓，遍池塘水阁，偏趁凉多。海榴初绽，妖艳喷香罗。老燕携雏弄语，有高柳鸣蝉相和。骤雨过，珍珠乱糁，打遍新荷。　　人生有几，念良辰美景，一梦初过。穷通前定，何用苦张罗？命友邀宾玩赏，对芳樽浅酌低歌。且酩酊，任他两轮日月，来往如梭。

元好问（1190—1257），字裕之，金太原秀容（今山西忻县）人。曾读书于山西遗山，因号遗山山人，世称元遗山。金宣宗兴定五年（1221）进士。官镇平、内乡、南阳等县县令。后入朝，历尚书省左司员外郎，入翰林，知制诰。金亡不仕。有《遗山先生文集》四十卷。又编金人诗为《中州集》十集。

这支曲子前半篇描写夏日园林美景，后半篇抒写作者乐天知命的隐逸情怀和莫负良辰美景的享乐思想。

中国古代的私家园林，富于山水田园景物，画境文心，多寄托着士人林泉之趣。自汉魏六朝唐宋以来，尽管私家园林的规模大小、景物繁简、自然与人工景物比例等各有不同，但不妨它成为满足士人赏悦美景、从事艺文、休闲雅居、调和仕隐矛盾等各种需要的绝佳场所，是士人的安乐窝。总观元好问诗词的山水之作，其中园林山水占较大比重，可以看出他对此种环境十分倾心。这应是出于多种原因。受传统园林文化的熏染自是不言而喻，而身处金元之际乱世社会，尤其使他渴求、耽乐于此境。他既有过游乐许多园林的经历和浓厚兴趣，又自有过多处山居、别业，如“卜筑欣成趣”，想象为“竹里蓝田山下，草阁百花潭上，千古占烟霞”的长寿山居、“卖书买得吕氏园”拟“明年高筑野史亭，天已安排看山处”的鹿泉新居、“窗中远岫，舍后长松”的外家东园、“新斋浙江曲，山水穷放浪”的浙江野史亭等。有的可能十分寒俭，因地制宜，主要借山水田园自然景物，结茅筑庐，略葺亭阁，精神的赏会却到极高境地，所以他应是最会、最能得其趣的人，善于审美。玩此首《骤雨打新荷》散曲，夏日景物明丽优美，生发闲适之情，令人陶醉。“绿叶阴浓，遍池塘水阁，偏趁凉多”，夏日里，人最需要的是清凉。绿叶的浓阴，遍覆池塘、水阁。景清则目清、心清，阁中人的幽居闲畅，都在这景物中了。“凉”字下得好，非只是身体肌肤对天气的感受，视觉之清爽、心中之涤烦，也蕴含其中。此雅阁，无疑是中心建筑，与池塘、高柳等的布局，是固定不移的；而节候性景物，作者接着描绘了特定时间内“海榴初绽，妖艳喷香罗。老燕携雏弄语，有高柳鸣蝉相和”，有色彩夺目的海榴花、燕语蝉声之交响乐等。最为吸引人眼球的，是“骤雨过，珍珠乱糁，打遍新荷”，它描绘出夏日里天气突然变化带来的眼前瞬间美景：晶亮豆大的雨点，像珍珠般撒下，打在阁前池塘中的新荷上。此神来之笔，似从东坡“白雨跳珠乱入船”诗意化出，而又更具一种适合此处园林环境的赏悦之美，天然清新，十分淡雅。此曲牌本名《小圣乐》，就是因为这三句脍炙人口，人们易之为《骤雨打新荷》。

“情知春草池塘句，不到柴烟粪火边”（元好问《论诗三首》），只要写到山水景物闲适之乐，便多雅致。诗词如此，散曲未尝不如此。此曲景中情味，甚为浓郁。有此景此趣，下半篇之情怀和思想的直接抒写，便很自然顺畅。词意甚明，已无须笔者饶舌。

山 居

（金）◎ 元好问

斜阳高树挂晴虹，肃肃微凉雨气中。一道鹭莺花不断，密香吹满马头风。

“斜阳高树挂晴虹”写山雨初霁的天空——太阳已经西斜，雨过天晴，高高的树头山巅之上，飞驾起绚烂的长虹，赏心悦目。“斜阳”、“高树”、“晴虹”都给人以异常高爽之感，让人心胸怡畅。“肃肃微凉雨气中”写雨后空气的清新——清风裹挟着雨后的湿润，山行中人，真有“肃肃微凉”的感觉，诗人的步履该是多么轻松而愉快。

“一道鹭莺花不断”写途中观赏。“一道”、“不断”联系起“鹭莺”、“花”。“鹭”即白鹭，写鹭实际就写了水、鱼；“莺”即黄莺。两句描绘的是白鹭在戏水捕鱼，黄鹂在树头花间娇啼，组成了一幅优美和谐的画卷，形成了一组动听的乐章。山居之乐，可想而知。

“密香吹满马头风”侧重写嗅觉。“马头风”三字好，可见诗人是骑乘出游，移步换形间，有轻风向马头吹来，夹带着鲜花的阵阵芬芳。“密”字、“满”字，写出了花之繁，香之浓，风之爽。全诗从视觉、感觉、听觉、嗅觉等不同角度着笔，提供给读者的信息是丰富的，展示出的空间是多维的。

双调·沉醉东风

（元）◎白　朴

白朴（1226—1306后），字仁甫、太素，号兰谷先生。隩州（今山西河曲）人。后居真定（今河北正定）。金亡入元不仕，浪迹山水。与关汉卿、马致远、郑光祖并称“元曲四大家”。

黄芦岸白蘋渡口，绿杨堤红蓼滩头。虽无刎颈交，却有忘机友。点秋江白鹭沙鸥。傲杀人间万户侯，不识字烟波钓叟。

元代文人多尚隐，无论渔隐、樵隐、耕隐，都是他们所赞美的。要想说明隐逸的好处，表现对元统治者的不满和对功名利禄的鄙弃，便尽最大的努力去发现山水之美，寄情山水之间，以散曲等文学形式来表现它。隐逸情调的浓郁，是元代山水散曲的时代特征之一。

这支曲子写美丽的山水环境中的渔夫情操，表现了高蹈志趣。

“黄芦岸白蘋渡口，绿杨堤红蓼滩头”，二句展示了秋日里广袤的水边的美丽景色，黄芦、绿杨，岸上景物；白蘋、红蓼，水中景物。高低相映，色彩缤纷，如诗似画。渔夫就活动在这个美丽清纯的天地间。

“虽无刎颈交，却有忘机友。点秋江白鹭沙鸥”，三句是说，渔夫并不孤独，他虽没有像廉颇、蔺相如那样初因功名不和、而后互相谅解成为生死之交的朋友，但他有更为纯洁的互无巧诈、伤害之心的朋友——那些点染着秋江的白鹭、沙鸥。此处“鸥鹭忘机”之典，出自《列子·皇帝》。白鹭、沙鸥，是淡泊名利的善良者的盟友，李白“明朝拂衣去，永与海鸥群”（《赠王判官时余归隐居庐山屏风叠》），刘长卿诗“谁念沧洲吏，忘机鸥鸟群”（《送路少府使东京便应制举》），黄庭坚诗“万里归船弄长笛，此心吾与白鸥盟”（《登快阁》），辛弃疾词“凡我同盟鸥鹭，今日既盟之后，来往莫相猜”（《水调歌头》）。古人虽已用甚多，鸥、鹭水边之物，此曲以写渔隐，最为贴切。又“点”字极活，尤具神韵，有点缀、点染、点破等义，从前人“看白鸟，下长川，点破潇湘万里烟”（唐无名氏《渔父》）、“鱼翻藻鉴，鹭点烟汀”（苏轼《行香子》）等化来。

“傲杀人间万户侯，不识字烟波钓叟”，道出渔夫的高尚品质和人格。不识字烟波钓叟却“傲杀”人间万户侯，何等傲世独立。此钓叟非不识字，称“不识字”者，便卸却了名利，不以世事为怀，作真渔父，无忧无虑，与山水最相亲和。后来白贲有一首[正宫·鹦鹉曲]，可与做一下对比：“侬家鹦鹉洲边住，是个不识字渔父。浪花中一叶扁舟，睡煞江南烟雨。[么]觉来时满眼青山，抖擞绿蓑归去。算从前错怨天公，甚也有安排我处。”此曲影响甚大，和者众多。曲中亦称“不识字”，但因“算从前错怨天公”而显得语近谐谑、自嘲，有怨愤气，看来作者经历过挫折，未似白朴早早绝意仕途，洁身自守。白朴年轻时曾有人屡荐其出仕，都拒绝了，而长期漫游南北山水。结合玩味他的[中吕·阳春曲]《知己》“张良辞汉全身计，范蠡归湖远害机，乐山乐水总相宜”，正可见其思想意识。

元人的渔隐竿纶情怀，就是山水情怀，大量地反映在山水诗、山水词、山水散曲、山水画中。其旨趣，既秉承了前代渔隐文化的精神，也融入了元代文人的寄寓和审美追求。元代山水散曲大量写南方山水，是因为秀丽的南方山水为渔隐提供了极为便当的现实场所，从而成为渔隐之乐的依托。我们欣赏元人以渔隐为题材的山水散曲时，不妨结合品味流传至今的如吴镇的《渔父图》、《秋江渔隐图》、《洞庭渔隐图》，赵雍的《松溪钓艇图》，唐棣的《霜浦归渔图》，王蒙的《花溪渔隐图》等山水画，就会发现它们的意境那么相通，一般都充盈着一股清逸之气。同时，我们还可从意趣表现、意境会通、构图设色等多方面注意山水散曲与山水画艺术手法的相互借鉴之处。

双调·雁儿落兼得胜令

（元）◎ 张养浩

云来山更佳，云去山如画。山因云晦明，云共山高下。倚仗立云沙，回首见山家。野鹿眠山草，山猿戏野花。云霞，我爱山无价。看时行踏，云山也爱咱。

张养浩（1269—1329），字希孟，号云庄，元济南（今属山东）人。元武宗至大年间曾拜监察御史，上疏论时政，为权要所忌，当即罢官。仁宗即位，召为右司都事，官至礼部尚书，参议中书省事。有《云庄休居自适小乐府》。

读此曲，首先应知张养浩于山水诸般景物之中，特别爱云。养浩别墅即号“云庄”，在历城西北十里。玩其散曲，爱云之心频见，如“俺住云水屋三间”（[双调·雁儿落兼得胜令]），“共白云往来山水间”（[越调·寨儿令]），“一片闲云无拘系”（[中吕·普天乐]《闲居》），“湖山佳处屋两间，掩映垂杨岸。满地白云，东风吹散，却遮了一半山”（[中吕·朝天曲]），“向鹊华山把白云种”（[双调·庆东原]），“白云深处结团茅”（[中吕·喜春来]），“归来闲枕白云卧”（[中吕·山坡羊]）等等。云，自由、轻灵、多姿多彩，简直就是他人生追求的象征。在他的160余首散曲中，用到与山水景物有关的“云”字，即不下50处。诗文中亦甚多。故养浩笔下“云”的意象，或潇洒闲远，或雅洁旷淡，或绚烂美丽，乃其性情所好，并实际与他的人生相系，得到了人们的认同，葛万里《别号录》，于张养浩即着一“云”字。

其次应知在古代文人心目中，云生有处，着有处。今日读者，或问何处无云？答曰：云虽随处可见，然而城市上空之云，与山水间之云，就是有不同的审美内涵。陶弘景《诏问山中何所有》说：“山中何所有，岭上多白云。只可自怡悦，不堪持赠君。”历代爱云、咏云者不计其数，元曲家汤式道：“陆士衡酝酿做文章，王摩诘收拾在肺腑，狄仁杰迤逗出嗟吁。……但能够青山共居，白云共锄，才与云山做得主。”（[南吕·一枝花]《云山图为储公子赋》）

明白上述两点，可以赏味张养浩此曲矣。然已无须笔者细表。此曲把云、山描绘得美丽无比，总共才56字，却用了7个“云”字，9个“山”字。云、山是其主要意象，由它们之间组合并与其他山水景物配搭，姿态横生，构成美妙的佳致和意境。这也是作者爱极云山，平时观察细微，因而咏时毫不着力，兴象高远，情致悠闲的再现。隐逸的情调，洋溢其间。

寻胡隐君

（明）◎ 高　启

渡水复渡水，看花还看花。春风江上路，不觉到君家。

这首诗写作者去访问友人，一位姓胡的隐士。但诗中并没有写这位隐士的生活情况，而饶有兴致地写一路上领略到的春光，一道道水，一簇簇花，一阵阵春风……仿佛他是全心全意在春游似的，不知他意在寻春还是“寻胡隐士。”这是诗趣所在。

从“渡水复渡水，看花还看花”两句，可知到胡隐君家路途不近，然而一路风光却非常幽美。“渡水”、“看花”，实在是太简略的叙写，然而通过叠句法，却能给人以山重水复、柳暗花明的繁富与变化之感；“复”、“还”字的勾勒，给人“总想看个够，总也看不够”的感觉，而不是厌倦其多。第三句展现了一条路，即到胡家的路。“春风江上”的定语，概括地点出了时间和环境。要不断地渡水过桥，可见那江是曲曲弯弯的，路也是曲曲弯弯的，并不直致。行人一点也不必为行程发愁，一路的春光已足以消除他的疲劳。

只有这三句，这首诗还算不得好诗，最妙的还是“不觉到君家”这一句。它不仅是说，因为看花看水，不知不觉来到胡家，一点儿也不感觉路远；而且意味着诗人到了胡家才回过神来，仿佛直到这时他还没有看够似的，几乎已经忘了此行的目的是什么。

《世说新语·任诞》记载了晋代名士王子猷居山阴，雪夜思念友人戴逵，遂连夜乘船往，经一夜到达，却不见戴而返，说什么“吾本乘兴而行，兴尽而返，何必见戴”。其实，八成是因剡中雪月并明，转移了王子猷的兴趣，才造成了这一任诞之举。而本篇的抒情主人公，虽然没有中止访友行动，但兴趣转移，却与那个故事同致。“不觉到君家”，突然换了第二人称语气，似乎是和胡隐君见面后寒暄的话。他一面说着“不觉到君家”，一面还在为沿途的风光兴奋不已。此情此景，就活现在读者面前。

高启（1336—1374），字季迪，元长洲(今江苏苏州)人。元末隐居吴淞青丘，自号青丘子。与杨基、张羽、徐贲并称“吴中四杰”。洪武初，召修《元史》，授翰林院国史编修。拜户部侍郎，不受。后被明太祖借故腰斩。有《高太史全集》。

田舍夜春

（明）◎高　启

新妇舂粮独睡迟，夜寒茅屋雨来时。灯前每嘱儿休哭，明日行人要早炊。

这首诗用最朴素的笔墨，绘出一幅田舍夜舂的生活图画：一位村妇在寒夜雨声中舂米，年幼的孩子在卧具里不断啼哭要妈妈，于是这少妇就不得不一遍又一遍哄劝幼小的孩子："乖乖儿别哭吧，妈妈舂米呢，明日行人要早炊呢。"

从这幅图画里流露出的是真挚的人性之美！

诗中少妇兼有为母与当家者的双重身份。在这两个方面她都出乎本性地尽心尽责。对于孩子，她称得上是慈爱的母亲。孩子哭，她心疼，根本忘记了深夜的疲劳，风雨的寒意，而在"灯前每嘱儿休哭"，慈母心肠见于那温柔甜蜜的口吻：对于自己不能丢开工作去抱儿拍儿，她似乎还有一点歉疚，所以丝毫没有怨怪儿哭的意思。而对"行人"，她称得上是一个能干的当家人。

"行人"，可以理解为大家庭中的男性成员，他们明儿一清早就要出门上路，或作工，或远游，需要早炊；也可以理解为田舍歇脚的客人，他们明儿一早还要赶路，也需要早炊。对这些各有所事的男人们，少妇有一种自觉的责任感，想要尽心为他们作点贡献。"明日行人要早炊"，也没有一点儿怨苦，反而甘之若饴。尽心尽力，任劳任怨，这就是我国劳动妇女的写照。

《田舍夜春》是古代劳动女性的一曲赞歌。从中汩汩流出深厚的人情味，读者可以感到那位在"夜寒茅屋雨来时""舂粮独睡迟"的新妇的庄重感及其所具的博爱情怀。

峤屿春潮

（明）◎高　棅

瀛洲见海色，潮来如风雨。初日照寒涛，春声在孤屿。飞帆落镜中，望入桃花去。

高棅（1350—1423），一名廷礼，字彦恢，号漫士，明长乐（今属福建）人。永乐初，征为翰林待诏，后升典籍。论诗主唐音。编《唐诗品汇》，影响颇大。有《啸台集》、《木天清气集》。

这首诗是作者在海岛观潮之作。“峤”指尖峭的高山，“屿”指海中山岛。“峤屿”在诗中指海边的一个孤岛。潮涨之时，“海上涛头一线来，须臾指顾雪成堆”（苏轼），是十分壮观的。

“瀛洲见海色，潮来如风雨”，《史记·秦始皇本纪》：“齐人徐市等上书，言海中有三神山，名曰蓬莱、方丈、瀛洲，仙人居之。”诗中以“瀛洲”代称海岛，便写出了诗人观潮时飘飘欲仙的感受。“海色”指大海的景观，此处特指春潮。潮水到来时，是浪头连成一线，一浪紧追一浪而来，声势雷动。本来没有风雨，看上去、听起来，却似风雨大作。特别是浪头打在山崖上，轰响如雷，而飞沫满空，尤似风雨。

“初日照寒涛，春声在孤屿”，这是诗中骈偶的佳句。潮水朝起夕消，故称“潮汐”。“初日”二字正见春潮方兴未艾，煞是好看。而初临海上的旭日，光线不强烈，由于海雾蒸腾，还有几分惨淡的感觉。潮水的涛头本来就是雪白如群鹭齐飞、万马奔腾，在晨晖的照射下，更显得耀眼的白。“初日照寒涛”之妙，在于它不仅写出了潮的壮观，还写出了景象所产生的寒冷的错觉。但观潮者并不因寒冷之感而觉得身在严冬，海上雪浪翻卷，如冰山崩融，简直就是在宣布着春天的消息。那风响雷动的声音，不正像是惊蛰的春雨？“春声在孤屿”，妙在一个“在”字，本来春天的来临，消息遍地都是，这个“在”字却把它限于一个“孤屿”，这就写出了诗人率先占春的强烈的主观感觉。从另一角度说，这潮水造成的“春声”，不正是钟于此岛么？一“在”字又并非无理。

“飞帆镜中落，望入桃花去”，结尾突然出现了小舟飞驶海面的奇景，那可能是诗人所见，也可能就是诗人乘舟离岛归陆。那船儿必然是顺着潮水方向而行，故有如“飞”的感觉。别看涛头这样大，但因为它的运动很有规律、秩序，舟驰海上仍有平稳的感觉，故“飞帆落镜中”是从体验生出的诗句。末句不径言归陆，却由桃花着想，写作“望入桃花去”，这分明又有一重暗喻，即诗人觉得那小舟载着人，将驶到一个桃源仙境。这就与篇首“瀛洲”映带，令人神往。

诗仅六句，前后二联散行，中二句对仗。其体制较绝句为有余，比律诗则不足。诗人既不减之为绝句，亦不增之作律诗，是因为这样写恰到好处。唐人祖咏应试赋《望终南余雪》，按规矩至少应写八句，但他只写四句，言“意尽而止”，其诗竟成名作，历代传为佳话。诗到好处，一句增减不得，古人往往如此。

暮归山中

（明）◎ 蓝　仁

暮归山已昏，濯足月在涧。衡门栖鹊定，暗树流萤乱。妻孥候我至，明灯共蔬饭。伫立松桂凉，疏星隔河汉。

蓝仁（？—？），字静之，明崇安（今属福建）人。元末不应试，一意为诗。后辟武夷书院山长，明初随例徙临濠（今安徽凤阳），不久放归。洪武七年（1374）一度出仕。有《蓝山集》六卷。

本篇写山居生活片断，田园风味甚浓。

从诗中景物看，这是一个秋初的傍晚，诗人外出归来。天色已"暮"，而入山之后光线更幽暗，"暮归山已昏"，"昏"与"暮"二字辨味很细。次句写"濯足"，肯定不是"沧浪之水浊兮，可以濯吾足"（《孺子歌》）那个意思，也不应是因脚弄脏的缘故——那可以回家去洗。想必是回家路上要经过一个山涧，或许本来就要趟水，或许是月色洒在水上太诱人的缘故，使得作者"当流赤足踏涧石"（韩愈），享受到泉水清凉的抚慰。颔联"衡门栖鹊定，暗树流萤乱"，写的是到家时分的景色。从"栖鹊"、"流萤"等景物看，较上联所写已有一段时间间隔，这时夜幕降临已很久了。"栖鹊定"与"流萤乱"，这一"定"一"乱"，一静一动，相映成趣，下字十分准确，是句中字眼。

颈联写与家人共饭，极富乡间生活气息。看来饭菜早做好了，小孩子家早就巴巴地盼着吃饭，但爸爸没回来，妈妈不让吃。"妻孥候我至"的"候我"二字，写出亲人的期待关切，以及既至后应有的高兴。所以"明灯共蔬饭"一句平平叙来，晚饭一起吃，有无限天伦之乐洋溢句中。"明灯"二字写山居灯火，实在有主观感情色彩的作用，适见其心情的愉快。饭罢，踱出室外站在松桂树下，天气是已"凉"未寒，十分宜人。仰观天象，是"疏星隔河汉"。那隔河汉的疏星，特指牵牛织女星。于是读者得到一个暗示，七夕将近，但还未到来，所以牛女一时还无法相会。作者望着星空，也许在替他们祝福，也间接地表达了对自己能享受天伦之乐的知足。

诗按时间顺序，从容写来，取景幽静，用字精细，极有生活趣味，末尾的一笔有意无意中提高了全诗的境界。

萧皋别业竹枝词

(明)◎ 沈明臣

青黄梅气暖凉天,红白花开正种田。燕子巢边泥带水,鹁鸠声里雨如烟。

沈明臣(?—?),字嘉则,明鄞县(浙江宁波)人。少为博士弟子员。胡宗宪督师平倭,偕徐渭辟置幕府。后浪迹湖海,殁于里中。有《丰对楼诗选》四十三卷。

《竹枝词》本出自巴渝民歌,带有浓厚的乡土气息和地方风味。自唐代刘禹锡以来,仿作者极多,大都写一方风土人情及城乡风光,形成七言绝句中一大专题。“萧皋别业”是作者友人李宾父的别墅名称,本篇就是写江南梅雨季节当地农村景象,其韵味和宋人翁卷的《乡村四月》颇为接近:“绿遍山原白满川,子规声里雨如烟。乡村四月闲人少,才了蚕桑又插田。”然而对比玩味,沈明臣本篇自有新意。

“青黄梅气暖凉天,红白花开正种田”,开篇两句描绘萧皋别业所在的郊野春光,就有美不胜收之感。与翁诗的“绿满山原白满川”比较,色彩更为绚丽。显然沈诗所写的不是初夏四月的乡村,而是春二三月的乡村。这里不仅排开了四种色彩:“青”、“黄”、“红”、“白”,较翁诗的“绿”、“白”,色彩的冷暖变化更大。

“青黄梅”、“红白花”、“暖凉天”是三个结构相同的排比的片语。每个片语中的名词性主语前,都有两个不同,甚至对立的形容词(“青”、“黄”是不同色,而“红”、“白”是对比色,“暖”、“凉”是对立感觉),它们恰到好处地写出了乍暖还寒的早春天气及相应的景物特征:桃李刚刚开花;而梅子尚小,黄里带青。这里辨味之细,只有晚唐韩偓绝句差可仿佛。

诗人下字也很精确,如果在别人笔下,首句也许是“青黄梅子”而不是“青黄梅气”。“气”字多么虚,感得到,摸不着。前两句之妙,就在于不仅写出了视觉色彩,比翁诗多写出了人的感觉(冷暖)。这时还不是农忙时节,没有“才了蚕桑又插田”那么紧张,只道“正种田”,中有多少从容。

“燕子巢边泥带水，鹁鸠声里雨如烟”，最惹人喜爱的是后一句，它在感觉、视觉形象外又添了听觉——雨声和勃鸠声。然而，它毕竟是有意无意落到了翁卷那个得意之句的窠臼里。不过这里不是“子规声”，因为子规是迎春的鸟儿。鹁鸠羽毛黑褐而胸部淡红，喜欢在春雨中鸣叫。在一片迷蒙的烟雨中，鹁鸠柔声呼侣，倍觉迷人。

沈诗的独创性，尤见于“燕子巢边泥带水”一句。前人咏燕之作多矣，谁曾拈出“泥带水”三字？那是来源于生活观察的一个发现。“芹泥雨润”，使得燕子窝边的泥土湿漉漉的。“泥带水”不是“拖泥带水”，而是一个充满生气的形象。因为这是春雨，是好雨、喜雨。“晓看红湿处，花重锦官城”是杜甫的奇妙发现，“燕子窝边泥带水”则是沈明臣的奇妙发现。

翁卷的《乡村四月》在形式上是四句散行，而沈明臣本篇则以骈句为主。它不仅次联对结，上联有三个排比片语，同时上下句也似对非对。这就使它在形式上更有锦绣成文之感，这正是春天给人的感觉，而不是初夏给人的感觉。

渔家

（明）◎ 孙承宗

呵冻提篙手未苏，满船凉月雪模糊。画家不解渔家苦，好作寒江钓雪图。

孙承宗（1563—1638），字稚绳，号恺阳，明高阳（今属河北）人。万历三十二年（1604）一甲二名进士，授编修。天启初（1621）官兵部尚书，兼东阁大学士，奉命督师山海关及蓟辽、天津、登莱诸处军务。十一年，清兵深入畿南，高阳城陷，自缢死。有《高阳诗集》八卷。

自从柳宗元写出《江雪》“孤舟蓑笠翁，独钓寒江雪”之后，画家们常常以渔翁入画，而形象大都不出柳诗所写的范畴。如五代赵干有《江行初雪图卷》、宋代王诜有《渔村小雪图卷》、明代朱端有《钓雪图轴》等即著名的画例。因为柳宗元诗是寓言身世之作，并不客观反映渔民一般的生活情况，所以“寒江钓雪图”也大都反映文人的审美情趣，并不反映渔民苦乐。孙承宗这篇论图之作便是有感而发，批评文人画中脱离现实的倾向。

“呵冻提篙手未苏，满船凉月雪模糊”两句勾勒了一幅很真实的渔家冬景。因为地冻天寒，渔民为生计很早就起身撑船，手指僵直，提篙很费劲，不得不频频向手心呵气取暖。侵晓的残月，将余辉洒了一船，明晃晃的。仔细一看，原来船身已覆盖了一层雪。这幅图景很典型，可以窥斑见豹，反映出渔民的辛苦。它本身也饶有画意。背景仍是“江雪”，人物仍是“渔翁”，但趣味完全不同。可以想象，如果某位画家照孙承宗的构思画一幅“江雪”图，准不错。可偏偏没人这样作，其原因何在呢？

“画家不解渔家苦，好作寒江钓雪图”，这里的原因有两个，一是作家的思想、生活与渔家隔膜。由于不深入生活，他们也就不了解渔民的思想感情。和古代田园诗人常犯的毛病一样，用自己的主观情趣取代对象实际情感，就像鲁迅在《风波》中讽刺的，明明是很清贫的农村图景，“河里驶过文人的酒船，文豪见了，大发诗兴说：‘无思无虑，这真是田家乐啊！’”一是作家在艺术上的因袭，完全照抄前人的构思，实际上成为一种偷懒取巧。柳宗元《江雪》以寓言为象征，写个人孤傲的品格，实在不坏。第一个想到要将他的诗意作成画卷的，也不坏。但如果天长日久，你画我也画，最后必然陈陈相因，如同印版，这就必然导致艺术上的衰落。

以上两种弊端，都是艺术创作的致命弱点。拯之只有一法，即深入生活，改造思想，更新艺术——要“解渔家苦”。

王士禛(1634—1711),字子真,一字贻上,号阮亭,又号渔洋山人,山东新城人。顺治十五年(1658)进士。历扬州府推官、礼部主事、刑部尚书。后因事革职。诗宗唐人,倡导神韵。著作甚富,名重一时。有《带经堂全集》。

瓜洲渡二首

(清) ◎ 王士禛

昨上京江北固楼,微茫风日见瓜洲。层层远树浮青荠,叶叶轻帆起白鸥。

杨子桥头鸡未鸣,瓜洲城外日东生。风波不惮西津渡,一见金焦双眼明。

瓜洲,镇名,在扬州城南长江北岸,当大运河之口,地为江中沙碛,状如“瓜”字,故以名洲;有渡口以通江南的镇江,名瓜洲渡。顺治十七年(1660),王士禛先后任扬州推官和江南同考官,九月因病归扬州,冬天曾游北固山和金、焦二山,往来于镇江与瓜洲之间。这两首七绝,当作于此时,诗人二十七岁。

第一首描述在镇江登北固楼隔江远望瓜洲的情景。北固楼在镇江西北的北固山上,山高数十丈,三面临江,登楼则江景可望。梁武帝曾登临此处,谓为京口(镇江)壮观。辛弃疾亦有词曰:“何处望神州?满眼风光北固楼。”(《南乡子》)此楼向为登临胜地。这一天,在晴和的冬日下,诗人来到这高高的北固楼上,登临送目。但见烟波浩渺的江面上,一片迷茫,北岸的瓜洲镇依稀可见,再往远处看,一层层树木像只有几寸高的青青的荠菜一样,浮在天际,而江中的一只只小船,正在扬起轻帆,像白鸥一样在水上翔游。这是一幅多么开阔宏大而又空明淡远的图画!诗以北固楼为近景，随着视线的推移，把瓜洲、远树和轻帆这些远景，井然有序地组合在一起，淡淡几笔，远近映衬，交织融会，极有层次。用“青荠”比“远树”，以“白鸥”喻“轻帆”，不仅生动形象，也暗有反衬楼高之意，而且“青”、“白”的色彩，更给疏简的画面增添了清新、淡雅之趣。细玩全诗，如置身画幅中，意境清远，韵致超逸、自然天成。

第二首描述拂晓从瓜洲渡江往金、焦途中所见之景。“金焦”即金山和焦山，在镇江西北长江中，两山相对，突兀高峙，亦游览胜地。前两句写诗人乘船从杨子桥头出发时清晨的宁静气氛。杨子桥在扬州城南十五里，又名扬子渡。此时，鸡尚未鸣，晨光蒸微，诗人就出发了；渐渐地，到得瓜洲城外时，一轮红日才刚从东方升起，朝霞映照在江面上，漫江红透，一派美景。“鸡未鸣”，言行船之早和游兴之高；“日东生”，见天气之佳和景色之美。两句中含蓄地传达出作者十分喜悦的情怀。第三句一转，到了西津渡口（瓜洲渡的别称），忽然风起浪涌，给行船带来了困难。但是，“不惮”二字，表现了作者乘兴前往的坚定信心，我们仿佛看见一叶小舟正乘风破浪，向前奋进。最后，终于见到目的地金山和焦山了，那蔚成奇观的山势，使得作者的眼睛忽然格外明亮，欣喜之情溢于言外。全诗到此戛然而止，一幅长江晓日行舟图，清新明朗，历历如在目前，并且给读者留下想象和回味的余地。这两首诗围绕瓜洲渡这个中心，从不同的角度表现了不同的景象，相映成趣。前一首是从远处居高临下地鸟瞰，纵目眺望，景象开阔，但多少有些朦胧；而后一首则是从江上观望，虽然风波浩荡，但却格外清晰。这一远一近，一朦胧一清晰，对比之下，更饶诗意。虽然景象有所不同，它们却共同含蓄地表达出作者的某种期冀追求之心和奋发进取之意，体现出诗人在青年时期那种热烈的情怀和积极的人生态度。

从技巧上看，两首诗都显得笔调轻灵，而且用字准确生动，更显神韵悠长。“层层远树浮青荠”的“浮”字，把隔江眺望时，因水面波动而显得略有动荡之感的远树，表现得极为形象。“一见金焦双眼明”的“明”字，把经过风波而看见美丽的金、焦二山时的惊喜之态，形容得淋漓尽致。“浮”、“明”都是极为寻常的字，但一经作者点化，恰到好处地运用，就显得格外生动，令人叹服。与王士禛同时代的人评论他的诗“言语妙天下”（赵执信《谈龙录》），信非虚誉。另外，两诗章法也颇见变化。前一首开始两句散起，后面两句对结；后一首开始两句对起，后面两句散结。这种变化，在流畅中见工致，在精整中又有逸宕，把诗中景清而意远的神韵表现得更加耐人寻味。

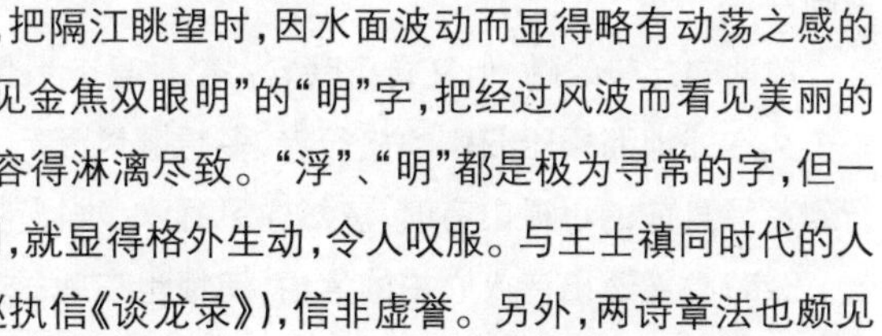

江上看晚霞

（清）◎ 王士禛

彭泽县前风倒吹，三朝休怨峭帆迟。余霞散绮澄江练，满眼青山小谢诗。

此诗是王士禛康熙二十四年（1685）四月从广州北归舟过彭泽之作，时年五十二岁。《渔洋诗话》曾载其事："江行看晓霞，最是妙境。尝阻风小孤二日，看晚霞极妍尽态，顿忘留滞之苦。""小孤"即小孤山，在长江边，离江西彭泽县甚近。诗题中"江上"，即指小孤山旁的长江，有第二首"小孤山外红霞影"可证。这首诗用清丽隽永的笔调和新颖的手法，描写了在江上看晚霞的妙境，读来情趣盎然，如置身画中。

前两句起势峻峭，但又转折跌宕："彭泽县前风倒吹，三朝休怨峭帆迟。"对于一个久在外地而乘船归家的旅行者，多想顺风而行，早日到家，然而事有不巧，在行到彭泽县前的小孤山旁时，忽然逆风猛吹，难以前进了，只好停泊下来。"风倒吹"三字，隐然透出诗人心中的焦虑，诗情也在此猛然一顿，显得发唱挺健。然而下一句却忽然一转，虽然这逆风一连吹了三天，使得高帆（即"峭帆"）大船迟迟难以启行，却休要去抱怨啊！"休怨"二字看似诗人在安慰自己，但又好像是在劝慰别人，而且从肯定的语气中看，还仿佛有一种自得之意哩，这真是出人意外的一笔！在这一顿一转中，诗情起伏曲折，步步紧逼而下，人们不禁要想知道这到底是什么原因呢？这就为后两句的出现，作了极为有力而又自然的衬垫。于是，我们在渴望知道原因的心情中，惊喜而又满意地看到了这样的美景："余霞散绮澄江练，满眼青山小谢诗。”到了傍晚，从长江上看去，空中的彩霞好像美丽的锦缎，江水宛如一条洁白的长绢；再看那两岸一座座青山啊，苍翠欲流，清秀可爱，就像一首首清新流丽的山水诗。两句中，五彩的云霞，洁白的江水，葱绿的青山，组成了一幅多么醉人的画图！面对这种美景，有谁不想流连呢？难怪诗人要“休怨峭帆迟”了。而且，对于那倒吹的风，倒要生出感激之意，不然，顺风疾驶而去，那就要与这美景失之交臂，而遗憾不迭了。在短短四句诗中，诗人倾注了充沛的激情，在对山水的深入的观照中，把起伏变化的心情、迷人的美景交织融汇在一起，叫人激赏不已，品味不尽。

这首诗以清新淡远的笔墨，为江中晚霞和两岸青山的风采气韵传神阿堵，显得风神跌宕。不仅如此，在手法上以诗比景，也新颖而贴切。“小谢”，即南朝齐诗人谢朓(464—499)。在诗歌中把谢朓与山水联系起来，在唐诗中就不乏其例。但这首诗说“满眼青山小谢诗”，明白地以他的著名的山水诗来比满目青山，就更加直接，能够唤起更为具体生动的印象，从而引起更多的联想，并且，“余霞散绮澄江练”一句，就是直接从谢朓的《晚会三山还望京邑》的名句“余霞散成绮，澄江静如练”变化而来，驱遣自如，运化无迹。三、四两句结合得紧密而又自然，使全诗浑然一体，意脉流转，而又情致高远。吴调公先生在《论王渔洋的神韵说与创作个性》中说：“与其说他的神韵说引导了他的七绝诗，不如说如果没有这些诗，他的神韵说将难以得到丰富和充实。”(见《古典文论与审美鉴赏》)的确，仔细读了这首清新隽永、风韵绵绵的七绝，我们会对王士禛的神韵说有更深的理解。

喜雨口号

(清) ◎ 蒲松龄

一夜松风撼远潮，满庭疏雨响潇潇。陇头禾黍知何似？槛外新抽几叶蕉。

蒲松龄(1640—1715)，字留仙，一字剑臣，号柳泉，淄川(今山东淄博)人。屡试不第，七十一岁始成贡生。教书为业。著《聊斋志异》。有《聊斋诗文集》。

风雨可以使人愁，也可以使人喜。一看它来在什么时候，二看对于什么人而言。如果是送春的风雨，碰上个多愁多病的身，就有李清照的《如梦令》所赋的闲愁："昨夜雨疏风骤，浓睡不消残酒。试问卷帘人！却道海棠依旧。知否，知否，应是绿肥红瘦。"如果是春耕时节的雨，又遇上感情与农夫相通的诗人，就有蒲松龄《喜雨口号》所赋的欢欣了。

"一夜松风撼远潮，满庭疏雨响潇潇"，比起"昨夜雨疏风骤"，这两句诗是什么气势！这绝不是住在城市四合院中所能听到的雨声风声，而是身在山野的人才能领略到的雨声风声。必须是成片松林，在大风吹入的时候，才会出现松涛的奇观和奇响。而夜里听去，就如大江潮汐，由近及远，或由远及近。风入松，是第一部夜曲；梧桐雨，则是第二部夜曲。前者雄浑低沉，后者明快响亮。交响成一片，使人感到何等的愉快。

"陇头禾黍知何似？槛外新抽几叶蕉"，易安居士大早起来就怯生生地打听海棠消息，而柳泉先生则迫不及待地问到"陇头禾黍"的长势。当然，他也为庭前槛外芭蕉足雨而发出的新叶感到欣喜、愉快。但他没有满足于此，因为心里早已想到，田地里的庄稼经春雨滋润后，也该和槛外芭蕉一样抽叶拔节了吧。这两句之妙，不仅仅在于第三句提唱，表现了关心时稼的仁人之心，提高了诗的思想价值，还在于第四句回到眼前庭院中的新叶，从而关合前两句的造境，使整首绝句通体浑成，没有节外生枝的生硬感觉。

在语言上，前两句中的"撼"字、"响"字都是推敲精当的句眼，它们恰当地表现出松风的声浪和滂沱的庭雨微妙的听觉差异。末句的"几叶"和前文"一夜"、"满庭"对举，妙在由少而见其早也，也含欣喜的感情色彩。

北固山看大江

（清）◎ 孔尚任

孤城铁瓮四山围，绝顶高秋坐落晖。眼见长江趋大海，青天却似向西飞。

北固山在今江苏镇江市城北，下临长江，三面傍水，形势险要。三国时为京口重镇，南宋辛弃疾多次在此遥望中原，缅怀孙权、刘裕等古代英雄。昔人诗多怀古，本篇却不然，他坐在北固山上俯仰江天，为之目眩。火急作诗，产生了这首写景佳作。

镇江城别称“铁瓮”，以四面环山、形势险固得名。“孤城铁瓮四山围，绝顶高秋坐落晖”二句写黄昏日落时分，诗人独坐北固山头，俯看镇江城。由于秋高气爽，他的心情不错。诗人虽称坐的地方为“绝顶”，但江面太宽，三面激流，相对而言，并不很高。所以俯视江面，可以清楚地看到湍急的江水掠山脚而过，迅速奔向东方。这是惊心动魄、极为壮观的景象，可以想见诗人是怎样屏息凝神地目送大江东去，奔流入海。

由于江天占据了诗人的全部视野，又由于诗人看得太专注，太出神，一个错觉发生了：诗人不但看到滔滔的江水向东奔流，而且也看到整个青天在向西移动，那速度还不慢呢。“眼见长江趋大海，青天却似向西飞”，就写出了长江与青天相对运动的感觉。类似感觉，人们都有过，但通过如此有声势的诗句揭示出来，还是令人感到新鲜。

南宋诗人杨万里诗笔灵动，如“岭下看山似伏涛，见人上岭旋争豪。一步一陟一回顾，我脚高时它更高”（《过上湖岭望招贤江南北山》），昔人谓之“活法”。孔尚任本篇也就妙于“活法”的运用。

孔尚任（1648—1718），字聘之，一字季重，号东塘，又号云亭山人，山东曲阜人。因御前讲经而受康熙赏识，授国子博士。官至户部员外郎。曾奉命赴淮阳疏浚黄河口，遍游东南胜地。后因作《桃花扇》被削职。有《湖海集》。

潘高(？—？)，字孟升，江苏金坛人。有《南村集》。

秦淮晓渡

(明)◎潘　高

潮长波平岸，乌啼月满街。一声孤棹响，残梦落清淮。

秦淮河向西北流经今南京入长江，以秦时所开得名。本篇乃金陵诗社集会命题之作，一时名流云集，潘高以此诗夺魁。

月落乌啼的时候，残月的清辉还洒在市街上，除了乌啼，听不到更多的声音。江边由于潮涨的缘故，水位上升齐岸，江面开阔不少。“潮长波平岸，乌啼月满街”二句清丽如画，同时写出早行人特有的新鲜和凄清的况味。江面潮长，又意味着过河不易。

的确是太早了，江边的渡船还没摆渡。终于有人开了头班船，秦淮河上空荡荡只有这一只船儿，早行人又会感到何等寂寞凄清。一坐上船，不免有些无聊。四下望去，残月清辉越来越淡，城市只见剪影似的轮廓，于是他又打盹了。

划得太响的一声船棹将他惊醒，他看到天快亮了。“残梦落清淮”句，语带双关：一是行人将残梦丢进秦淮河，也就是在晓渡中清醒了；二是秦淮河也从“睡梦”中醒来，迎来了新的黎明。

“一声孤棹响，残梦落清淮”就写出了一种微妙的旅途况味，使本篇境界全出。“清淮”就是秦淮河，以水清故云。而这个“清”字，也正是晓渡时最突出的感觉。

晚　晴

（清）◎ 沈德潜

云开逗夕阳，水落穿浅土。时见叱牛翁，一犁带残雨。

题为“晚晴”，可见傍晚之前有雨。雨刚停住，夕阳下山，老农却抓紧时间犁田，可见有过一场春旱。总之，本篇字面以外有不少余意，读者须多加留意。

俗话道“早雨晚晴”，“云开逗夕阳”正是晚晴的景象。这时雨云渐散，夕阳的余晖便从薄云间隙处透射出来。“逗”即“漏”，但也有逗引的意思。“水落穿浅土”，可见虽有一场雨，但还没有下透，雨水仅仅浸润了一层浅土。春旱的情形，便从这句表现出来。于是这一场未足的春雨，又显得弥足珍贵。那真是及时雨，救命雨。农家是绝不会白白放过这一耕种良机的，所以他们要出晚工了。

“时见叱牛翁”写的便是农夫趁此晚晴力耕的情景。“叱牛”二字，可见他们心情很迫切，牛走得稍慢，就不停地吆喝。那喝声严厉中含有几分亲切。“翁”尚如此，青壮年自不消说。只说“时见叱牛翁”，举隅而已。

“一犁带残雨”是一个特写镜头：在农夫湿漉漉的犁把上，还挂着些水珠儿——刚过去的一场雨留下的痕迹。这画面至少包含两层意味：一以见雨虽没下够，但也不小，可解燃眉之急，表现出力耕人的喜悦心情；一以见正是农忙时节，这犁早就放在田地里，这才能淋上雨，反映了农家紧张的生产活动。诗人本人关心民情和喜雨悯农的思想情感，也通过画面，无声地流露出来，所以这句诗十分够味。

沈德潜（1673—1769），字确士，号归愚，长洲（今江苏苏州）人。乾隆四年（1739）进士。官至内阁学士兼礼部侍郎。论诗主格调说，宗汉魏、盛唐。辑有《古诗源》、《唐诗别裁集》、《明诗别裁集》、《清诗别裁集》。有《沈归愚诗文全集》。

过许州

（清）◎ 沈德潜

到处陂塘决决流，垂杨百里罨平畴。行人便觉须眉绿，一路蝉声过许州。

这是作者过许州（今河南许昌）郊外时即景抒情之作。

画龙点睛的是一个“绿”字，虽然出现在第三句，但一、二句中已具其意：“到处陂塘决决流，垂杨百里罨平畴。”从“垂杨百里”和“一路蝉声”的描写看，时间可能是初夏。到处的池塘都在溢水，可见是雨后。“决决”是流水声（卢纶《山店》“登登山路行时尽，决决溪泉到处闻”），虽只写水声，但碧波荡漾之景如见，写出水绿。“平畴”即田坝，陶潜有“平畴交远风，良苗亦怀新”之句，它给人的感觉也是绿的。而阡陌之间垂杨成行，披拂掩映，更见得平野之绿。“到处”和“百里”，又从空间上展示出那“绿”的范围之大，可谓触目皆是，整个许州城外初夏景色便以绿色为基调。

“行人便觉须眉绿”这句以新奇的感受，一下子抓住读者，使人觉得比王安石“春风又绿江南岸”的名句还要耐味。从丘为的“已绿湖上山”到王安石的“春风又绿江南岸”，都是写视觉的感受；而沈德潜的“行人便觉须眉绿”却又跳过了一级，写的不是视觉感受，而是由视觉感受引起的心理感受。因为黑色的须眉，是染不绿、映不绿的。只是行人走在绿色的川原中，心里充满绿色的感觉，才有“须眉绿”的心理感受发生。它表现的并不是颜色，而是快感。诗的创新之意就表现在这里。

“一路蝉声过许州”传达的也是快意，而且是“须眉绿”的快意之延续。许州地界那样宽，要走过还真不容易。然而作者一路上看水看树，心情舒畅，又有蝉声相送，颇不寂寞，所以觉得很快就走过来了。这“蝉”是蜕壳不久的新蝉，而非秋季的寒蝉，故其声音并不凄厉。即使是很凄厉的声音，只要人的主观上很愉快，感觉也就有所不同。如李白《早发白帝城》：“两岸猿声啼不住，轻舟已过万重山。”这一路猿声不但不使人掉泪，反倒托出人在轻舟中的愉悦之感。就此而言，“一路蝉声过许州”亦有异曲同工之妙。

西　山

（清）◎ 刘大櫆

西山过雨染朝岚，千尺平冈百顷潭。啼鸟数声深树里，屏风十幅写江南。

刘大櫆（1698—1779），字才甫，号海峰，安徽桐城人。雍正七年（1729）副贡生，官黟县教谕。工文章，为桐城派古文家。有《海峰集》。

作者为文重“神气音节”，认为“学者求神气而得之于音节，求音节而得之于字句，则思过半矣”（《论文偶记》），世称“因声求气”说。这也影响到他的诗，像这首七绝，就以神气音节见长。“西山”，是北京西郊群山的总称，有百花山、灵山、妙峰山、香山、翠微山、卢师山、玉泉山等，为京郊名胜。本篇写西山春雨后的景色。

“西山过雨染朝岚，千尺平冈百顷潭”，诗云“过雨”，可见雨持续的时间不长，但雨量不小。雨后青山为之一洗，显得分外青翠，就好像是重新染色过似的。这一个“染”字，暗中将春雨比喻为画师，直启第四句的画意。“染朝岚”重在绘色，而“千尺平冈百顷潭”则重在写西山的气势。这里群山连绵，峰峦之间竟有平冈千尺，上有深林茂树，气象何等开阔；而山下潭水空明，得雨而水位上升，景象亦远大。这又为第四句“屏风十幅”伏笔。

前两句展现西山壮美如画之景观，直通“屏风十幅写江南”一句。妙在中间小作跌宕，铺垫一句“啼鸟数声深树里”。也就在视觉形象中添上了听觉形象——啼鸟数声；在壮阔的描绘中加入了细节刻画——树丛中的啼鸟数声，彼此有映衬互成之妙。从美声的角度看，“数声——深树”在音节上构成回荡，而字形字义则完全不同，深宜吟诵。

“屏风十幅写江南”一句总括上联的写景，又推出新意。那就是将北国春光比作江南。读者准会记起杜牧《江南春》那首著名绝句：“千里莺啼绿映红，水村山郭酒旗风。”你看，西山连绵，平冈千尺，青葱如染，潭水澄清，鸟鸣深树，这气势，这色调，不大类“江南春”吗？形之图画，一幅屏风不能尽收其美，直须十幅写之。这里诗句之妙，首先就妙在神完气足；而形之音节，则慷慨可歌；至于境界的清新可喜，亦足称道。

富春至严陵山水甚佳二首

（清）◎纪　昀

沿江无数好山迎，才出杭州眼便明。两岸蒙蒙空翠合，琉璃镜里一帆行。

浓似春云淡似烟，参差绿到大江边。斜阳流水推篷坐，翠色随人欲上船。

纪昀（1724—1805），字晓岚，一字春帆，号石云，直隶献县（今属河北）人。乾隆十九年（1754）进士。官至礼部尚书、协办大学士。卒谥文达。学识广博精深，曾任《四库全书》馆总纂官，删定总目提要。有《纪文达公遗集》。

纪昀从杭州出发，沿富春江上行，到桐庐以西的严陵（东汉名士严光隐居垂钓处）。这一段山水，就是梁代吴均在《与朱元思书》中所描绘过的那一段奇山异水：“风烟俱净，天山共色，从流飘荡，任意东西。自富阳至桐庐，一百许里，奇山异水，天下独绝。水皆缥碧，千丈见底；游鱼细石，直视无碍。”

才从钱塘江进入富春江的相当长的一段水路，江面是很开阔的。离开了大都市杭州，就迎来两岸青山，风景自然一新。第一首写的就是初入富春江的新奇感受。“沿江无数好山迎，才出杭州眼便明。”《敦煌曲子词·浣溪沙》有道“仔细看山山不动，是船行”，由于诗人坐在船上，人与船相对静止，所以“看山恰似走来迎”。“眼便明”三字，不但写出眼界一新的感觉，而且也流露出旅游中心情的愉快。

富春江两岸虽然多山，由于江面开阔，不像峡中行船似的险隘，故两岸青山都远远地，并在天边合围起来，呈现出“天山共色”的奇观。所谓“两岸蒙蒙空翠合”的“空翠”，就有天色、有山色。由于江面很开阔，水的流速很慢，船行十分平稳，又大有“春水船如天上坐”（杜甫）的奇异感受。诗的末句“琉璃（即玻璃）镜里一帆行”绝佳。它首先写出了江水之平，所谓水平如镜；又写出了江水之情，所谓水明如镜；还写出了船在水中的倒影，两岸青山和天空在水中的倒影。这些本来是很难描写的景色，全赖“琉璃镜里”四字，间接地得到了反映。

人在富春江上行船，感觉天是青的，水是绿的，山色与水天亦相淆乱，总是一片青翠欲滴。第二首诗就写这种奇妙感觉。“浓似春云淡似烟”，既有两个“似”字，就不能说这里写的一定是云烟。那么这浓云淡烟似的，究竟是什么？看来是“天山共色”形成的一片空翠。这一片空翠，就“参差绿到大江边”。绿到江边的空翠，必然倒映于碧水中，呈现“碧色全无翠色深”（雍陶）的类比效果，意境优美。“参差”二字，正见色的浓淡近远，绝非一刀切。

景致引人入胜，遂有“斜阳流水推篷坐”的情事。夕阳西下，又给这片绿色为主的图画添上一笔对比色彩，不免“半江瑟瑟半江红”（白居易）。但这并不破坏绿的基调。“流水”固然是写富春江水，但又含有“从流飘荡”，借风帆自行的潇洒意态。遮盖舱顶的船篷是活动的，可以推动重叠起来。诗人不钻出船仓观望江景，而是“推篷坐”在舱中观赏之，为的是想要一路看山看水，直到严陵。故此三字亦有意味。

“翠色随人欲上船”句，亦可圈可点。“翠色”能够“随人”，这是船行时的主观感觉，和“沿江无数好山迎”一样，既是视觉上的错觉，又赋景物以人情味。沿途好山相迎，富春江是多么好客哟！而一路翠色随人，富春江又是多么钟情哟！这“翠色随人”，依依不舍，乃至于“欲上船”来。诗人妙用拟人法，不但写活了江上景物，也惟妙惟肖地写出了对大自然的热爱。

王维《山中》云：“山路元无雨，空翠湿人衣。”《书事》云：“坐看苍苔色，欲上人衣来。”本篇在措语上受王诗的启迪，而诗中的旅途况味则来自生活实感。

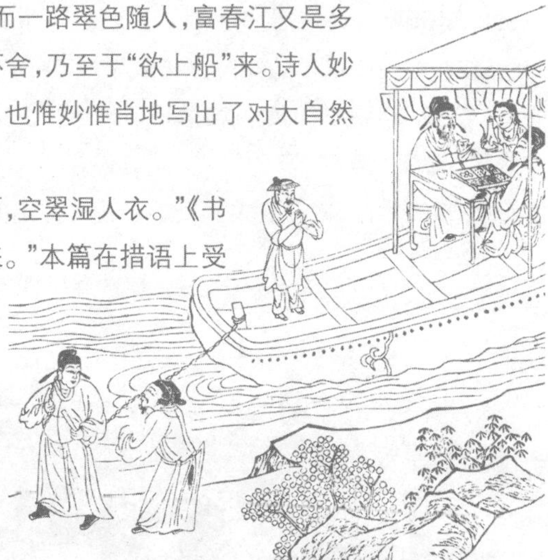

安宁道中即事

（清）◎ 王文治

王文治（1730—1802），字禹卿，号梦楼，丹徒（今江苏镇江）人。乾隆进士，曾任翰林院编修，云南临安知府。有《梦楼诗集》、《赏雨轩题跋》等。

夜来春雨润垂杨，春水新生不满塘。日暮平原风过处，菜花香杂豆花香。

本篇作于云南安宁县，描绘春日郊行即目所见的风光及抒发春游的愉快。

“夜来春雨润垂杨，春水新生不满塘”二句写春雨之后塘边景色。由于夜雨的洗涤，柳条显得格外娇嫩，而池塘的贮水也略有增多，这里的“润”、“生”两字都值得细细咀嚼。春雨初霁，杨柳不但色泽更鲜，而且柳叶也应有所滋长。所以“润”字不但有润色之义，也有滋润哺育之义，把柳条柳叶的质感都写出来了。

池塘一冬也应有水，但在枯水季节，这水也给人以萎缩冬眠的感觉。而在春雨之后，池塘水位增高，水色变绿，确乎给人以质变的感觉，又仿佛从一冬的沉睡中醒来，恢复了生机，获得了“新生”。“不满塘”三字，见得春雨时间不长，雨量也不很大。虽“不满塘”，但毕竟使人感到塘水的增高，“正是一年春好处”。如果满塘甚至溢水，须是夏日暴雨后的情景。

前二句所写全属视觉愉悦，“日暮平原风过处，菜花香杂豆花香”这两句则写春的气息，全是嗅觉的快感。春日郊原百花盛开，桃李飘香，而诗人偏偏只抉出“菜花香”和“豆花香”来写，是很有别趣的。读者不难想见，他是身在田野阡陌上，而庄稼地里菜花与豆花的开放，是成畦成片，有时是连绵数里，桃李花哪有这样的气派？他这时只嗅到菜花、豆花的清香，应是实感，拈来自好。

一个“杂”字写出辨味之细。而在此同时，诗人为农家将有一个好的收成而喜悦，也不言而喻。此外，上句的“风过处”三字亦下得好，盖庄稼的花粉和气息是随风传送的，往往在风过的时候香味最浓，最使人心醉。诗句虽然直接写香，但“菜花”、“豆花”也能间接表现色。仿佛郭沫若所歌吟的，司春的女神来了，把黄的菜花、蓝的豆花、还有许多不知名的草花，散在路上，散在地上，散在农人的田上。让人感到美不胜收。

小园

（清）◎黎　简

水影动深树，山光窥短墙。秋村黄叶满，一半入斜阳。幽竹如人静，寒花为我芳。小园宜小立，新月似新霜。

黎简（1748—1799），字简民，一字未裁，号二樵。广东顺德人。乾隆诸生。工书画，诗词亦著名。其诗峻拔清峭，刻意新颖，自成一家。有《五百四峰草堂诗钞》。

这首五言律诗以“小园”为中心，把园里园外的景象融成一体，表现了深秋时节山村幽深、静美的景色，读来形象感人。

全诗从时间上看，是从傍晚写到初夜。作者之所以要这样安排，是因为深秋时节的山村，本是一种萧索、荒凉的景象，气氛肃杀。但是，这些景象在夕阳和新月的映照下，却又会幻化出幽静深邃、优美动人的新姿，引人流连不已。作者正是抓住了这一稍纵即逝的时机，把小园置于夕照和新月的交替之中，通过生动传神的描绘，从而展示出它的动人风采，给读者以品味不尽的美的享受。

前三联的关键是“斜阳”二字。它虽然出现在第二联的末尾，但细玩全诗，却有着融贯一切的重要作用。傍晚时分，晴朗的天空余光返照，它那淡红、橙黄的颜色给整个山村抹上了一层诱人的色彩。此时，小园的一切，都因它而顿然增色，显得分外美好。你看，园中高树的影子倒映在池水中，在幻成金波的水中荡漾。四围丛山被夕阳照得外分明亮，它们透过矮矮的围墙向园中窥视。园子里那满树、满地的黄叶，与村外相连，有一半在夕照中更加色彩斑斓。园中的修竹，就像袅袅婷婷的人儿，相依相傍，多么娴静美好；深秋寒气中的花朵，也散发出淡淡的幽香，仿佛是在特别为我开放。这一切，构成了多么幽静美丽的小园！这六句，诗人不仅将园中的水、树、竹、花井然不乱地交织在一起，而且还将园外的山光、黄叶，与园内景色相融合，在夕阳的余晖中连成一片。这金色的夕照，使得小小山园盖上了

一层薄纱，朦胧隐现之间含蕴着深沉、静美的幽韵。

在这三联中，作者给静的景象赋予动态，让冷寂的小园充满了生机。“深树”本是静景，但倒映在微动涟漪的池水中，却荡漾而有了动感。“黄叶满”，不仅表明已非“铿然一叶”的初秋，点明了深秋季节，而且也有纷纷下落的感觉，同样具有动静。“山光”与小园相邻，似乎各不相干，着一“窥”字，就把它们巧妙地联系在一起，并且相互显得情态依依，增添了多少活泼的气氛。作者还采用拟人的手法，把园中的竹子比为“人”，这显然是受了杜甫《佳人》诗的影响，从“天寒翠袖薄，日暮倚修竹”中脱化而出，特别是“寒花”句，不仅赋予了花以人的感情，并且以嗅觉来陪衬视觉，在一片幽芳中，夕照从视觉上显得更加美好，也更加亲切，整个园中的一切景物，都富有不尽的情意，从中体现出作者对小园的难以言喻的深情。这一切，作者写得极其自然，好像全是客观描绘，像高明的画家，用淡淡的油彩，画出了一幅秋园夕照图，让人们自去欣赏，但在画图深处却满含着作者的一片深沉的情意，表露出对山村小园的赞美。

这首诗单看前六句，已经组成了一幅美好的画图，清新而又绚烂，如果接着这个意思再写两句，让诗意始终笼罩在夕照的余晖中，也未尝不可。但是，作者却并不这样处理，到最后一联，却出人意外而又入人意中地引出如霜新月，转换景色，在结尾处把读者带到了一个新的境界。前一句“小园宜小立”，既承上又启下，在“夕阳无限好”的黄昏时刻，作者被美景所陶醉，不禁伫立园中，依依不舍地观赏景色。在不知不觉中，夕阳渐渐隐没了，那淡红、橙黄的颜色也逐渐消退，而清冷、银白的月光却洒满了园中，给池水、深树、修竹、寒花等等，披上了一身新装。此时，那小园仿佛褪却红衣，换上了一身素雅的淡妆，这新的景色似乎比刚才更加迷人。不难想见，作者此时被新的景色所吸引，更加不忍遽然离去，他在园中伫立、徘徊，与天上的新月遥遥相伴。诗在这里结尾，留下了想象的余地，像半夜钟磬之声，清亮悠扬而又余音袅袅。

全诗从傍晚写到初夜，从日光和月光的变化中，赋予小园以不同的色彩，充满了诗情画意。为了表现小园中这种迷离朦胧的色彩，诗歌在结构上也颇具特色。按照五律的规定，首联一般是散起，然后二、三联对偶，尾联散结。但这首诗一开始就是精致的对偶句，给人以精巧的感觉。第二联本该对偶，但却不对，似乎是任其自然，稍稍一放。第三、四联却又连用对偶句，而且尾联中前句连用两“小”字，后句连用两“新”字，对得更为新巧。透过这种精巧的形式，人们仿佛从中感受到了园子的精致小巧，而夕照和新月笼罩中的这小小的园子，它的景色就格外耐人寻味，更显得韵味无穷了。在这些方面，体现出了作者的精思巧构，可谓匠心独运。

吴兴杂诗

(清)◎阮　元

交流四水抱城斜，散作千溪遍万家。深处种菱浅种稻，不深不浅种荷花。

阮元(1764—1849)，字伯元，号芸台。江苏仪征人。乾隆五十四年(1789)进士。历官两广、云贵总督，体仁阁大学士，卒谥文达。平生以治经学、考据著称。编刻的书甚多。有《研经室集》。

在江南水乡，地处太湖南面的吴兴(今浙江湖州)是最美丽的城市之一。苕溪、霅(zhà)溪、苎溪、吴兴塘等四水在这里汇流，这些干流又有无数分支遍布城外农郊。临水屋舍毗连，人烟稠密，人们利用天然的水利资源和肥沃的土地，发展生产，美化环境，把家乡变成米粮之仓。本篇即描写吴兴的田园风光。

"交流四水抱城斜，散作千溪遍万家"，写吴兴地处水乡的特殊自然风光。读者首先注意到两句中的三个数量词，"四水"是主干，"千溪"是支流，"万家"则意味着更多的支流。通过"交流"、"散作"、"遍(布)"等动词勾勒，读者仿佛凌空鸟瞰，一望收尽吴兴水乡风光。被这密如蛛网的水系所分割，江南绿野就变成许多色块组成的锦绣。"抱城斜"是指环城的干流与城墙有一定走向上的斜度，是自然形成的一种势态，大大小小的水流都是活水，给江南原野带来了生机。

"深处种菱浅种稻，不深不浅种荷花"两句写水乡农作物及其特点：人们在水深处种菱，水浅处种稻，而在不深不浅的地方种藕。它首先给读者呈现的是一派富庶的景象，难怪人人都说江南好，难怪人人都说"苏杭熟，天下足"。这两句在前二句的背景上描绘了更加生动的景物，即各种作物互相间杂，组成缤纷错综的图案，给人更多的美感。不说种藕而说种"荷花"，固然是为了字数韵脚的要求，但也使人从经济价值观念中跳出来，从审美价值角度来审视这幅图景。待到夏秋之交，绿的菱叶、黄的稻浪、红的荷花交相掩映，那是一幅何等宜人的图画！

从语言风韵看，这两句也极有意趣，上句以"句中排"形式，揭出一"深"一"浅"，相反相成，已给人有唱叹跌宕、无限妍媚之感。殊不知作者能事未尽，又写出一个"不深不浅"，似乎对上句来了个折中，表现出绝妙的平衡，实际上又推出一层唱叹之音，使本篇洋洋乎愈歌愈妙。

村居

（清）◎高　鼎

高鼎(？—？)，清诗人，字象一，又字拙吾，浙江仁和(今杭州)人。

草长莺飞二月天，拂堤杨柳醉春烟。儿童散学归来早，忙趁东风放纸鸢。

高鼎诗善于描写自然景物，而这首《村居》写春天郊外即目所见的景象：春光明媚，一群儿童正迎着东风，把风筝放上高高的蓝天。小诗洋溢着新鲜浓郁的生活气息。

“草长莺飞二月天，拂堤杨柳醉春烟”两句写春景。当是作者即目所见，遇景入咏。字面上使人想起丘迟《与陈伯之书》中名句：“暮春三月，江南草长；杂花生树，群莺乱飞。”让人感到风光美不胜收。“拂堤杨柳醉春烟”句中“醉”字很形象，很新颖。生动状出杨柳丝丝飘飘然使人陶醉的感觉。还有“拂堤”二字，已有春风吹拂之意。春风风向是稳定的——东风，而风力不大不小，因此一年四季唯此时最便于放风筝。放风筝是民间群众自娱活动之一，每到春季，即有小店出售纸鸢。而各家各户，也能自制“豆腐干”一类简易风筝。前二句写景，已给放风筝的情景预作铺垫。

“儿童散学归来早，忙趁东风放纸鸢”两句即写放风筝。放风筝虽然老少咸宜，但毕竟要跑跑跳跳，是最适宜少年儿童的活动。所以诗人专门描写少年儿童。要在平时，他们散学以后，必定不肯及时回家，不免在路上磨蹭，想方设法地玩耍。而这几天却是急着回家，因为家里的“纸鸢”在等着他放呢！恐怕上课时都一心以为鸿鹄将至，早就盼着散学呢！末二句不但直接描写放风筝的场面，而且通过“归来早”、“忙趁东风”写出了一片童心。

诗写到“放纸鸢”三字为止。而读者却浮想联翩，仿佛看到一个个淡墨色的蟹风筝、淡蓝色的蜈蚣风筝或淡赭色的鹞鹰风筝，在天空比高；而寂寞的瓦片风筝，没有风轮，又放得很低……拂堤的杨柳丝丝弄碧，杂花生树，草长莺飞，和孩子们的天上的点缀相照应，一片春日的温和。

山村即目

(清)◎ 丘逢甲

一角西峰夕照中，断云东岭雨蒙蒙，林枫欲老柿将熟，秋在万山深处红。

丘逢甲(1864—1912)，又名仓海，字仙银，号蛰仙，台湾苗栗县人。光绪十五年(1889)进士。未任官，赴台湾各地讲学。后抗击日冠，兵败内渡。居广东镇平。辛亥革命后，赴南京，为参议院参议员。有《岭云海日楼诗钞》。

丘逢甲离台内渡后，定居祖籍粤东镇平(今广东蕉岭)澹定村。“村在镇平县北之文福乡。乡之西，翼然而起者庐山也，其山多松；山之主峰曰松光峰，其麓有林，曰松林，湾曰松湾，而澹定村在焉”(作者未刊稿《松山书屋图记》)。本篇作于光绪二十五年(1899)，诗中所写山村当即澹定。

一个深秋傍晚，刚刚下了一场过路雨。西边雨脚已收，夕照辉映了西面庐山一角；而东边的山岭，还被雨云笼罩，蒙蒙小雨，尚未全停。前两句写的就是即目所见的一山之中气候不齐的自然奇景，使人感到西山是“晴方好”，而东岭是“雨亦奇”，“东边日出西边雨，道是无情却有情”(《竹枝词》)，颇具画意。

前两句所写，偏于秋夕山中的气候，而真正描绘山村即目所见的景色，还在下两句：“林枫欲老柿将熟，秋在万山深处红。”秋已深了，正是枫叶变红、柿子成熟的时候，这时的山中，不仅枫林如醉，柿子也透出橙红的颜色。“看万山红遍，层林尽染”，正是最典型的秋色。末句之妙，在于那个“秋”字。“秋”本是季节，没有色相。通常可以说“秋叶红”，却不可说“秋红”。但如作“林枫欲老柿将熟，都在万山深处红”，一切落实，又反不如“秋在万山深处红”为灵妙。

盖“秋”可以囊括枫、柿等秋叶、秋实，而不局限于枫叶柿实。这样写，使本不具形色的“秋”有了形色，变得赏心悦目。如果将写诗下字比成弈棋，诗人这就是棋高一着，一字下去，全局皆赢。不可忽略的，还有第三句的“欲”、“将”二字。“枫老”、“柿熟”，都指向末句的“红”字。然枫过老则叶枯，柿过熟则实烂。唯有欲老未老之枫叶，将熟未熟之柿实，才红得富于生机，红得耐人玩味，只让人感到欣喜，而不会引起感伤。

邠州

(清) ◎ 谭嗣同

棠梨树下鸟呼风，桃李溪边白复红。一百里间香似海，孤城掩映万花中。

谭嗣同（1869—1898），字复生，号壮飞。湖南浏阳人。"戊戌六君子"之一。曾纳资为候补知府。后以徐致靖荐，被征入京，官四品衔军机章京，积极参与戊戌变法。失败后被害。有《谭嗣同全集》。

邠州，今陕西省彬县，在西安市西北约二百五十里。境内山明水秀，颇多古迹。此诗描述了邠州春暖花开时节的秀美。

棠梨，一称杜梨，多年生落叶乔木。棠梨树适应能力极强，黄河、长江两大流域各地野生极多。树开白花，阳春之时，繁花满枝，甚是可喜。"棠梨树下鸟呼风"，写鸟在棠梨枝头啼叫，"鸟呼风" 三字从杜诗来（《韦讽录事宅观曹将军画马图》"龙媒去尽鸟呼风"），用得好，能使景物更生动，是读书受用的一例。"桃李溪边白复红"——"白复红"三字好，说白了是"复"字夹用得好，这是作者的创意，写出不断行进之中所见景物的变换，一会儿是红花，一会儿是白花——正是：行行重行行，看花复看花。

"一百里间香似海"，"一百里"当是作者一天的行程的概略估计。这不仅是在写花海，同时是在写花海中的行人旅途疲劳的消失。紧承"香似海"三字，末句"孤城掩映万花中"是说邠州城快到了，城楼已经看得到了，只是看得不那么分明，只是为花枝所掩映。"孤城"的"孤"字，是相对于香如海、花如海而言的。

此诗意境优美，语言清新，不假雕饰，即使化用（杜诗）也如己出，做到了"清水出芙蓉，天然去雕饰"（《书怀赠江夏太守韦良宰》）。